인간 합격 데드라인

SEOUL, 2013

인간 합격 데드라인

초판 제1쇄 발행일 2013년 3월 25일
초판 제4쇄 발행일 2015년 7월 30일
지은이 남상순
발행인 이원주 발행처 (주)시공사
주소 서울시 서초구 사임당로 82
전화 영업 2046-2800 편집 2046-2821~4
인터넷 홈페이지 www.sigongsa.com

ⓒ 남상순, 2013

이 책의 출판권은 (주)시공사에 있습니다. 저작권법에 의해
한국 내에서 보호받는 저작물이므로 무단 전재와 무단 복제를 금합니다.

ISBN 978-89-527-6396-9 43810
ISBN 978-89-527-5572-8 (세트)

*홈페이지 회원으로 가입하시면 다양한 혜택이 주어집니다.
*잘못 만들어진 책은 구입하신 서점에서 바꾸어 드립니다.

♣ 사랑의 열매와 함께 저소득층 어린이들의 교육 자립을 지원합니다.

인간 합격
데드라인

남상순 지음

시공사

| 차례 |

01 원수는 외나무다리에서 _ 7
02 위대한 유산 _ 14
03 어쩔 수 없는 선택 _ 24
04 저짝섬으로 _ 30
05 시골 자가용 _ 38
06 어서 오세요, 여기서부터 19세기입니다 _ 49
07 할머니 이상함, 이라고 나는 썼다 _ 59
08 바디랭귀지에 홀려 순결을 잃다 _ 66
09 설마는 사람을 잡아먹는다 _ 70
10 그 사람(其人)이 돼라 _ 81

11 내가 너에게 맞추거나
   네가 나에게 맞추거나 _93
12 시골 자가용의 반전 _106
13 오빠는 사람도 아니야! _115
14 양분이 뽀샵! _129
15 난 네 대신 맞은 게 아니야 _142
16 카레 사용법 _153
17 인간 합격선 _164
18 별은 똥이고 똥은 별이다 _173
19 내가 내 이야기를 할 때와
   남이 내 이야기를 할 때 _181
20 내 마음속 의자 _190
21 버스가 인간 합격 데드라인을
   지워 나갔다 _200

작가의 말 _209

01
원수는 외나무다리에서

"우와, 춥다!"

학원에서 내려와 출입문을 열고 밖으로 나서는데 입이 저절로 얼어붙었다. 영하 15도에 체감 온도 22도라더니 북극이 따로 없다. 나는 양손을 파카 주머니에 깊이 찌르고 목을 한껏 움츠렸다.

빙판으로 길이 미끄러웠지만 이런 때일수록 멀리 돌아가기는 싫은 법. 나는 평소와 다름없이 탄천을 가로지르기로 작정하고 강둑으로 난 계단을 따라 아래로 내려갔다. 잔디밭은 눈이 쌓인 채 그대로 얼어붙어서 차라리 질퍽거릴 때보다는 편했다. 발이 빠지지 않으니까 눈밭을 걷는 게 아니라 물 위를 걷는 것처럼 기분이 좋았다. 하지만 진짜 물 위를 걷는 애들은 따로 있었다. 두껍게 언 탄천 위로 몇몇 아이들이 몰려들어 얼음을 지치는 중이었다. 모두들 중무장을 해서 누가 누군지 분간이 안 갔지만 커플로 보이는 한 쌍에게 유난히 눈이 갔다. 남자 놈은 영하 15도 날씨를 잘도 이용해 먹고 있다. 장갑과 두꺼운 외투가 아슬아슬하게 보호자 노릇을 하고는 있지만 남자애는 혹시라도 넘어질 때를 대비하는 척 여자애를 거의 부둥켜안다시피 하고 있다.

좋겠다, 새끼!

이 대목에서 침이라도 칙 뿌려 주고 싶지만 너무 추워서 입 벌리기가 싫다. 대신 적의를 가득 담은 레이저 광선 한 방을 얼음 커플을 향해 쏘아 보낸 다음 종종종 다리 쪽으로 뛰어갔다. 아무리 얼음이 좋다지만 철부지 초딩들이 버글거리는 강으로 발을 들여놓고 싶지는 않다. 혼자여서 더 내키지 않는다. 그런데 내가 막 다리에 이르렀을 때였다.

"야, 25세손!"

가까운 곳에서 그런 소리가 들리자 나는 걸음을 멈추었다. 바람 때문에 좀 헷갈리기는 하지만 분명히 나를 부르는 소리였다. 25세손은 내 별명이다. 고1 때 발표 시간에 장난삼아 '내 이름은 이상진이고 효령 대군의 25세손'이라고 소개했다가 애들한테 몰빵당할 뻔한 적이 있었다. 서기 이천 년이 지난 마당에 케케묵은 조선 시대 이야기한다고 얼마나 난리들이었는지. 더구나 새로 전학 온 여자애가 "내 조상은 단군 할아버지거든." 하는 바람에 완전히 묵사발 났다. 그때 본전도 못 찾고 엉뚱한 별명만 달게 된 게 지금 생각해도 두고두고 분한데 언놈이 감히……. 번쩍, 하고 내 시선이 탄천을 훑었다. 공교롭게도 나를 향해 손을 흔들고 있는 것은 얼음 커플이었다.

"누구냐?"

점잖게 소리치며 위엄을 갖추는데 얼음 커플 중 남자 놈이 모자를 벗었다가 다시 썼다. 강 건너 빌라에 사는 버터남 차동윤이다. 아, 귀찮은 놈! 하면서도 나는 얼음판으로 미끄러져 내려갔다. 무엇보다 동윤이랑 사귀는 7반 함미란이라는 여자애가 보통 예쁜 게 아니었다. 공짜로 얼굴 구경하는 것만으로도 돈 번 것 같은 기분이라고 할까.

"왕손을 함부로 부르는 걸 보니 네놈이 죽으려고 환장한 모양이구나."

"미란이 알지?"

동윤이가 좀 으스대는 것과 동시에 미란이가 파카 모자로 터질 듯이 동여맸던 얼굴을 빠끔, 하고 밖으로 내밀었다. 뭐랄까. 솜사탕 안에서 계란만 한 진주 호빵이 미끄러지듯 빠져나왔다고나 할까. 아이구, 언놈은 복도 많지!

복 많은 놈이 으스대는 것을 넘어 좀 오버하기 시작한 것은 그때부터다.

"반갑다, 친구야."

반갑긴 뭐가, 할 틈도 없이 동윤이가 나를 끌어안았다. 지가 무슨 〈대부〉의 알 파치노라도 되는 줄 아는지 여자 앞이라고 괜히 폼 잡는 게 진짜 웃겼다. 누구는 여자애랑 얼음 지치고 놀 때 학원으로 뺑뺑이 치다 왔다 깔보는 거야, 지금? 내가 마구 눈알을 부라리며 눈치를 주는데도 동윤이의 오버는 그치지 않았다. 이번에는 굉장히 친한 척, 불쌍한 내 배를 샌드백인 양 툭툭 건드렸다. 평소 길에서 만나면 소 닭 보듯이 지나치는 사이는 아니지만 이렇게 포옹하고 오버하면서 반가워하는 것도 우리의 액션 버전과는 거리가 멀다.

동윤이하고 진짜 친한 건 우리 엄마다. 키 크고 잘생긴 얼굴로 길에서 만난 어른들한테 꼬박꼬박 인사를 해 대는 통에 동네 사람은 고사하고 아들한테도 관심 없는 우리 엄마 마음을 확 붙잡아 버렸다. 예를 들면 이런 식이다. 한번은 슈퍼에서 물건을 사 들고 현관으로 들어서는 엄마가 괜히 히죽히죽 행복하게 웃기에 왜 그러느냐고 물었더니 오다가 동윤이를 만났다며 자랑했다. "안녕하세요?"라며 얼마나 예쁘게 허리를 굽히며 인사하는지 아들과 남편한테 받은 스트레스가 쫙 풀리고 마음까지 정화되더라나. 나는 입을 다물지 못했다. 그때부터 엄마는 나한테 친구는 동윤이밖에 없는 줄 안다.

"동윤이는 요즘 어때?"

"동윤이는 시험 어떻게 봤대니?"

심지어는 시험이 끝나 특별 용돈을 줄 때는 "동윤이랑 같이 영화나 한 편 때리지?" 하기도 했다. 아마 딸이라도 있으면 사위 삼겠다고 지금부터 작업 들어갔을 거다. 그런 동윤이가 고2에 이룩한 어마어마한 성공은 바로 함미란과 커플이 된 거였다. 성적도 최상급이다. 우리 아빠 소원인 명문대 법대, 거길 갈 수 있는 건 내가 아니라 그놈이다.

나는 동윤이 손을 뿌리치면서 노골적으로 싫다는 표시를 했다. 녀석은 장갑을 벗더니 빨갛게 얼어 버린 내 코를 비틀어 냄새를 맡고는 이렇게 중얼거렸다.

"아, 이 개기름 썩어서 발효된 냄새 같으니라고!"

하지만 샤넬 향수병에 코라도 댄 것처럼 표정은 완전히 반대였다. 그때 나는 알았다. 동윤이가 여자애한테 하고 싶었던 짓을 나한테 대신 한 거라는 사실을. 말하자면 동윤이가 만지고 싶은 것은 내가 아니라 미란이 얼굴이다. 하지만 뭐 여자 친구를 사귀어 봤어야지 그런 걸 알든지 말든지 하지. 사실 우리는 얼굴 때깔부터가 다르다. 녀석은 꿀피부에 입술까지 맨들맨들 화려하지만 내 얼굴에는 잔뜩 성질난 더러운 여드름들이 비 오는 날 학교 운동장에 생긴 물웅덩이처럼 다양한 크기로 포진 중이다. 그건 엄마 탓이기도 하다. 자기 일이 바쁘다고 하나뿐인 아들한테 먹이는 음식이라는 게 만날 인스턴트에다 짜장면이라니. 다른 엄마들은 유기농을 가지고도 온갖 가탈을 부려 가며 고르고 또 고른다는

데. 나는 함미란 앞에서 동윤이가 나를 깎아내릴 속셈인 줄 알았다. 가만있으면 이상할 것 같았다. 그래서 적당히 맞대응을 해 줬는데 그게 문제가 될 줄이야. 녀석이 억 소리를 내면서 허리를 굽히더니 난데없이 잠바 주머니에서 전자사전을 꺼냈다. 파워를 누르고 성능을 검사해 봤으나 화면이 깜깜하다. 액정이 나가 버린 것이다. 맙소사! 동지섣달 설한풍에 괜히 지름길로 집에 가려다가 이게 웬 날벼락인가.

"진작 말을 했어야지!"

함미란 앞이라 적잖이 당황스러웠지만 좀 세게 나갈 필요가 있을 것 같아 목소리를 잔뜩 높였다. 그런데 녀석의 다음 말이 가관이다.

"너 지금 조폭 나오는 액션 영화 찍냐?"

"뭐?"

사실 나는 잘못한 게 없다. 지나가던 나를 괜히 부른 것도 동윤이고 먼저 장난을 걸어온 것도 동윤이며 주머니에 전자사전을 넣어 놓고 친구의 주먹질을 유도한 것도 동윤이다. 무엇보다 미란이가 나를 힘세고 성질 더러운 놈으로 오인할까 봐 겁이 났다. 질투에 눈멀었다고 하더라도 평소 내 주먹은 그렇게 매웠던 적이 없는, 깨끗하고 순결한 손이었다. 내가 안절부절못하면서 "어쩌지?"를 반복할 때였다. 동윤이가 지나치는 말처럼 이렇게 말했다.

"괜찮아, 액정 값만 물어 주면 돼."

"미쳤냐?"

나는 빽, 하고 성질을 내면서도 어쩔 수 없이 미란이 눈치를 봤다. 절대 액정 값을 물어 줄 수는 없다. 하지만 쪼잔한 놈으로 찍히는 건 싫다. 사실 돈도 없다. 내 일주일 치 용돈은 겨우 이만 원인데 액정 값은 못 돼도 오만 원은 넘을 것이다. 그러니 차라리 감옥에 가면 갔지 그런 미친 짓을 내가 왜 하겠는가. 그때 나의 이런 마음속 갈등을 싹 꿰뚫어 버린 요 버터남이 결정타를 날렸다.

"왕손은 품위를 잃으면 끝이다, 알고 있냐?"

다음 말은 더 가관이다.

"주먹은 힘인 거야. 파워, 혹은 에너지라고도 하지. 그런데 그 에너지를 사용하는 것에는 절도라는 게 필요해. 꽃을 만질 때는 꽃을 만지는 기분으로, 야밤에 집으로 쳐들어온 도둑놈을 때려잡을 때는 도둑놈을 때려잡을 수 있는 힘을 끌어내야 하는 거야. 어이, 효령 대군 25세손 이상진! 내 친구 중에 유일한 왕손인 이 자식아! 넌 어째서 꽃보다 더 연약한 우정을 주고받는 자리에서 도둑놈을 때려잡고도 남을 힘을 발휘한 거니, 응? 왜 그랬어?"

그러더니 안됐다는 듯 내 양손을 부여잡고 흔들면서 느끼한 소리를 계속 지껄였다. 아우, 김치 속에 들어 있는 생강덩어리 같은 녀석! 하지만 버터를 알뜰하게 처바른 놈의 입을 나의 정직하고 담백한 혀가 어떻게 감당할 것인가. 그때 옆에서 구경하던 함미란이 불쑥 배고프다고 말하는 바람에 겨우 한숨을 돌리나 싶었지만 그건 아니었다.

"내일은 토요일, 학원 없지? 서비스센터 가게 오전 열 시쯤에 야탑역으로 나와라. 수리비 넉넉히 챙겨서."

녀석은 함미란 몰래 나와 눈을 맞추었는데 그 눈이 말하고 있다. 떼어먹을 생각 마! 그러고는 함미란 팔짱을 끼고 맥도날드를 향해 유유히 걸어갔다. 나쁜 새끼! 친구 괴롭히며 돈 뜯는 문제 학생으로 확 신고해 버릴까 보다. 나는 놈의 꽁무니에 대고 커다란 얼음덩어리 하나를 걷어차면서 혀를 내밀었다. 수리비를 챙겨 나오라고? 절대 그런 일은 없을 거다. 야탑역에는 미쳤다고 나가니?

02

위대한 유산

아우, 열받아!

내 방 의자를 걷어차 넘어뜨렸다. 분이 가라앉기는커녕

발가락만 아프다. 오늘은 나 때문에 내 발이 고생이다. 동윤이의 전자사전이 아니라 아빠 때문이다. 오늘따라 일찍 귀가한 아빠가 저녁 식탁에 앉으면서 하시는 말씀.

"내 친구 아들은 이번에 전교 8등 했다던데 넌 도대체 뭐 하는 놈이냐?"

그러면서도 성적표 보여 달란 말은 하지 않았다. 아예 기대를 안 하는 거다. 그러니 그저 하소연이고 화풀이인지도 모른다. 아빠는 또 이렇게도 말했다.

"엠피스리 귀에 꽂고 다니는 놈들 중에 대학 가는 놈 있으면 내 손에 장을 지지겠다."

이 정도면 언어폭력을 넘어 완전히 인권 침해 수준이다. 우리 아빠 직업이 판사라는 것을 감안하면 더 놀랄 일이다. 은유나 수사가 아니라 진짜 판사다. 우리 집에서는 엄마 친구 아들이 아니라 아빠 친구 아들이 젤 무섭다. 한창 성장할 나이에 마음고생이 얼마나 심했으면 67킬로그램이던 내 몸무게가 일 년 만에 64킬로그램으로 줄었겠는가. 이 모든 것들이 효령 대군 25세손 때문이다. 아니, 천지사방 널린 게 전주 이씨고 그중에 누구도 시간이 지나면 25세손이든 26세손이든 되게 되어 있다는 점에서 애꿎은 효령 대군을 탓할 필요는 없다. 어쩌면 칼 때문일 것이다. 우리 집안의 위대한 유산이었으나 모양이 변하는 바람에 두통거리가 되어 버린 칼! 이젠 정조 대왕이 하사하신 칼 어쩌고 하는, 말도 안 되는 것에서 벗어나 나만의 장래를 갖고 싶다. 외할머니가 가끔 이런 말을 한 걸 기억한다.

"사람은 그저 지 앞가림만 하면 된다."

난 내 앞가림을 할 자신은 있다. 부모님 용돈을 꼬박꼬박 챙겨 드리는 사람이 될 자신은 없지만 적어도 내 밥벌이는 스스로 할 수 있다. 아빠는 내가 판사가 되어 뒤를 잇기 바라지만 나는 선생님이 되고 싶다. 성적이 심각한 걸림돌이 되는 건 사실이다. 그것 때문에 마음이 아플 때가 있다. 그래서 2차로 정해 놓은 꿈이 시내 한복판에다 작은 음식점 하나 차리는 거다. 허겁지겁 끼니를 때우는 곳이 아니라 오래된 친구랑 마주 앉아 밤새 치른 맨체스터 유나이티드와 뉴캐슬의 예술 축구에 관해 수다 떨 수 있는 곳. 장사가 안 되면 내가 파는 요리를 내가 먹으면 되는 게 아닐까.

나는 내 방 책상 앞에 앉아 그런 생각을 하다가 컴퓨터를 켰다. 우선은 아빠가 들이닥칠 때를 대비해 사사삭, 교육 방송의 인강 페이지를 화면에 띄워 두었다. 그때 문자 들어오는 소리가 들렸다.

「Hey 25세손!」

동윤이였다. 녀석은 뜬금없이 나에게 그런 문자를 보내곤 한다. 용건도 달지 않고 그럴 때는 매우 으스스하다. 특히 오늘 같은 날은 더 그랬다. 탄천에서 헤어질 때 녀석의 마지막 눈빛이 떠올랐다. 무언가에 대한 불타는 의지가 엿보였다. 내게는 수리비의 문제로만 보이지 않았다. 그 눈빛은 지나간 시간의 어떤 일을 환기시켰다. 나는 답을 하지 않았다. 말려들지 않을 심산이다. 괜히 엉거주춤 대꾸했다가 전자사전 액정 수리비가 어떻고 하면 어쩔 것인가. 아니, 이 년 전 이야기가 삐죽거리며 튀어나오지 말란 법이 있을까. 그런데 잠시 뒤 두 번째로 온 문자 내용은 상당히 의외였다.

「아구 아파라, 야구 빳따에 허리 나가는 줄 알았네. ㅠㅠ」

크크. 성적표 때문에 수난을 당한 게 틀림없다. 야구 방망이는 연약하고 지친 동윤이 엄마가 말만 한 아들을 길들일 때 사용하는 무기다. 때로는 아버지를 대신하는 아버지의 주먹이기도 하다. 불쌍한 놈!

「쌤통이다, 새끼!」

답을 찍고 이모티콘으로 화려하게 장식했다. 용용 죽겠

지! 전송을 누르고 생각해 보니 이상했다. 동윤이한테 성적 떨어졌다는 말은 못 들었는데. 아닌 게 아니라 하필이면 쌤통이라고 해 버린 것도 마음에 걸렸다. 내 취향은 아니지만 위로라는 걸 하면서 인심 한 번 써야 하나.

에라, 모르겠다.

휴대폰을 던져 버리고 침대 위에 벌렁 드러누웠다. 좀 안됐어도 동윤이랑 문자를 계속하는 건 좋지 않았다. 사실은 또 메시지가 올까 봐 겁이 날 정도였다. 내친김에 스팸으로 등록해 버릴까. 그러다 나만 빼고 지들끼리 만나 놀면? 다음 달에 놈의 생일이 있다. 스팸 등록해서 돈 몇 푼 아끼는 것보다 탄천에 데리고 나가 생일빵으로 진하게 밟아 주는 게 더 살맛 나는 일일 것 같다. 설마 수리비 안 물어냈다고 절친 명단에서 삭제되는 건 아니겠지? 순간순간 파노라마처럼 확확 변하는 말도 안 되는 내 마음은 내가 생각해도 변태스럽다. 이러니까 여친이 안 생기는 거야. 예쁜 것들은 귀신같이 뭘 안다니까. 나는 나 홀로 소심해졌다. 왠지 모를 죄책감도 생겼다. 엠피스리를 꺼내 목록에서 〈고해〉를 찾았다. 원래 임재범 노래인데 박완규가 〈나가수〉에서 불러 유명해졌다. 2004년 임재범이 부른 영상에서는 예수처럼 하고 나와 완전히 무릎 꿇는 버전으로 "어찌합니까?" 하면서 울부짖었으나 박완규는 처음부터 허리에 손을 얹고 나와 신에게 마구 따지듯이 질러 댔다. 그녀를 사랑하면 안 되느냐, 당신이라면 이런 경우 어떻게 할 거냐, 피 흘리며 아파하는 내 마음을 도대체 알기는 하는 거냐. 뭐 그런 컨셉이었다. 야수처럼 무례하게 청중 평가단을 향해 손가락질할 때 진짜 멋있었다. 마치 니들이 음악을 알아? 그러는 것 같았다.

내가 꼬인 이어폰 줄을 풀어 귀에 꽂았을 때였다. 거실에서 큰소리가 났다. 귀가 번쩍해서 얼른 이어폰을 뺐다. 늙으신 부모님 부부 싸움 하는 거야 내가 상관할 바 아니지만 그 불똥이 튀어 아빠가 문이라도 벌컥 연다면 그거야말로 큰일이다.

이어폰을 감추고 잽싸게 책상 의자로 파고들며 인강을 돌렸다. 삭막하기 짝이 없는 화면이 느릿느릿 이어졌다.

"아니, 왜 애꿎은 자식을 감옥에다 처넣으려고 안달이셔?"

엄마가 판사 남편 앞에서 저렇게 세게 나가는 걸 보면 중대한 문제가 발생했다는 뜻이다. 그런데 감옥이라고 하지 않았나? 자식을 감옥에 처넣다니, 무슨 이유로?

살금살금 일어나 문틈을 눈곱만큼 벌려 놓았다. 설마 동윤이의 전자사전 때문은 아니겠지? 말도 안 된다고 여기면서도 아닌 게 아니라 연관이 지어졌다. 아빠가 집에서 사용하는 일상어에는 법률 용어가 많다. 당연히 내게 하는 잔소리에도 그런 걸로 이루어졌다. 나 역시 모르는 사이 아빠 영향을 많이 받아서 '감옥' 같은 단어가 낯설지 않다.

"거기 들어가서 방학 동안 열심히 하면 실력이 제법 붙는다잖아."

아빠 음성도 점점 높아졌다. 목소리로 서로를 제압하려는 것 같다. 얼씨구!

"공부 못하는 게 그렇게 문제야? 감옥에 보낼 정도로?"

"감옥은 무슨 감옥이야? 엄연히 기숙 학원이라는 이름이 있는데."

대충 무슨 이야긴지 알 것 같았다. 아빠는 내 성적을 올리기 위해 방학 동안 기숙 학원에 보내겠다는 것이고 엄마가 그걸 반대하는 중이다. 며칠 전 신문 헤드라인에서 '대한민국 가정은 애정 공동체 아닌 대입 프로젝트 공동체'라는 구절을 봤는데 진짜 공감이 간다. 우리 집도 어쩔 수 없는 모양이다. 원래 기숙 학원은 재수생들이 이용하는 곳이지만 겨울 방학에 자식을 그런 곳에 보내는 지독한 부모들이 있다. 수강료가 장난 아니게 비싸다. 말이 기숙 학원이지 이름도 무슨무슨 사관 학교에다 원장을 야전 사령관이라 부른다. 뿐만 아니라 '선생님과 학생이 24시간 함께 숙식! 토요일 일요일은 물론 국경일과 설 연휴에도 정상 수업!' 어쩌고 하는 광고로 유명한 곳이다. 한마디로 이 세상을 어떻게든 입시 전쟁터로 만들어 돈 좀 벌어 보려는 사람들이다. 물론 나는 알고 있다. 그 사람들 역시 그와 같은 자신의 행동에다 어떤 가치적인 의미를 부여하고 있다는 것을. 학원에 처음 상담받으러 가면 엄마와 나를 앉혀 놓고 원장들은 으레 그런 식이다. 거의 못쓰게 된 요즘 아이들을 개조하여 명문 대학 입학시키는 걸 사회 공헌이라도 되는 듯 포장하고 심한 경우에는 독립운동하는 지사라도 되는 것처럼 자신을 소개한다. 다행히 엄마는 열변을 토하는 원장들 말을 "아, 알겠고요." 하면서 중간에서 잘라 버린다. 토요일 일요일도 없는 기숙 학원이라니, 그곳이 감옥이 아니면 무엇이겠는가. 남들은 이런 데를 엄마가 알아보는데 우리 집은 아빠가 난리다. 아빠 친구 중에 그런 거 하는 원장이 있다는 말도 얼핏 들었던 것 같다.

"남들도 다 그렇게 해."

"남들 다 그래도 난 안 그럴 거야."

아직은 엄마가 꿋꿋하게 버티는 중이었다. 하긴 이맘때면 우리 동네 아이들은 누구를 막론하고 대입 사관 학교 스트레스를 겪는다. 엄마는 학원이든 뭐든 자식 문제를 대충대충 처리하는 것 같아도 마지노선은 있다. 남들이 싫지만 어쩔 수 없다며 우르르 몰려가는 길 끝에서 '나는 안 가겠다!' 버티기도 하는 사람이 우리 엄마다. 그리고 난 뒤에는 언제나 방문을 닫아걸고 자기 세계로 들어가 뭐든 나 몰라라 한다. 엄마는 우울증 치료를 받은 적이 있다.

그나저나 공부하는 감옥. 소름 끼친다. 이미 나는 감옥에 갇혀 있는데 이보다 더한 감옥이 또 필요하다는 것인가.

"우리 상진이가 성적도 형편없고 생각이 없는 건 사실이지만 그래도 이건 아냐. 난 절대 찬성 못 해."

그러더니 쾅, 문 닫는 소리가 들렸다. 엄마가 세게 한마디 지르고는 안방으로 들어가 버린 것이다. 성적이 형편없는 건 사실이지만 생각이 없다니……. 나 참 기가 막혀……. 뭐 어쨌거나 김금희 여사 파이팅이다! 평소에는 이기적인 엄마에게 불만이 있었고 아빠 앞에서 툭하면 말발 올리는 걸 보면서 나중에 엄마 같은 여자 만나면 골치 아프겠다 싶은 적이 더러 있었다. 하지만 지금 이 순간 난 엄마를 믿고 싶다. 믿을 데라곤 엄마밖에 없다.

싸움이 멈추는 듯했지만 나는 바르르 떨며 긴장하고 있다. 지금까지의 확률로 볼 때 자식인 내가 링 위로 올라가는 타이밍이 바로 지금인 것이다. 엄마와 타협이 안 될 때 아빠가 취하는 행동이 있다. 아니나 다를까 삼십 초도 되지 않아 아빠가 가정 파탄범 다루는 목소리로 나를 불렀다.

"이상진! 이리 나와."

에혀. 난 아마 죽으면 몸에서 사리 나올 거다. 엄마 아빠 때문에 내 감정 기복 곡선이 이토록 가팔라진 게 아닐까. 나는 어기적어기적 걸어 나가 아빠 앞에 앉았다. 가급적 눈을 마주치지 않아야 했기에 고개를 아예 푹 숙였다.
"긴말할 거 없고."
아빠가 목소리를 비장하게 깔았다. 금도끼 은도끼 이야기할 때의 그 톤이다. 정조 대왕이 하사했다는, 이름도 기이한 기인도(其人刀) 나오기 십 초 전. 십, 구, 팔, 칠, 육……. 그런데 오늘은 결론이 먼저 제시되었다.
"아빠 말 들어!"
기숙 학원 가라는 뜻이다. 법대에 들어가기 위해. 그런다고 평균 3등급짜리 성적이 1등급으로 뛰어오르나? 그런 확신만 있다면 나 역시 해 볼 마음이 아주 없는 건 아니다. 누군들 어른이 되어서까지 지질하게 살길 바라겠는가. 내 마음속에 두 종류의 문자가 찍혔다.

「시로.」

다른 하나는

「싫어.」

아마 아빠는 모를 것이다. 어쩌면 영원히 모를 수도 있다. 내가 '시로'라고 한다면 타협의 여지가 있겠지만 '왜요?'라거나 '싫어'라고 한다면 그건 고집을 의미한다는 것을. 나는 마음으로 아빠에게 문자를 보냈다. 내 선택은 이거였다. 싫어요!

03
어쩔 수 없는 선택

아침에 눈을 비비며 거실로 나갔더니 심각한 표정으로 소파에 앉아 있던 엄마가 "이상진! 이참에 할머니 집에 가는 건 어때?" 하고 말했다. 아빠는 출근한 것 같았다.
"기숙 학원도 피하고, 봉사 점수도 받을 수 있어."
"봉사? 무슨 봉사요?"
"가 보면 알아."
"쳇."
"게다가 이상진!"
"뭐요?"
"기인도라는 그 칼도 구경할 수 있어. 좀 이상하게 변하기는 했다지만."
엄마의 눈이 수상쩍게 빛났다. 나는 나도 모르게 손을 내

젓고 몸을 움츠렸다. 당연한 일이다. 그동안 한번 보지도 못한 그 칼 때문에 얼마나 시달림을 받았는가. 아빠가 말도 안 되는 법대를 우기면서 성적으로 들들 볶는 것도, 동지섣달 설한풍에 기숙 학원이라는 얄궂은 감옥에 보내려는 것도 알고 보면 다 그 칼 때문이다. 칼하고 법대가 무슨 상관인지는 하도 들어서 알고 있다. 아빠는 칼을 법으로 해석하는 사람이다. 옛날 한때는 칼이 법이었지만 문명사회가 되면서 칼의 쓰임을 법이 대신하는 거라나 뭐라나. 알듯하면서도 어려웠다. 칼 대신 주먹이라면 몰라도. 어쨌거나 내 사춘기의 일상을 복잡하게 꼬아 놓은 게 그놈의 칼이라는 건 분명하다. 꼴도 보기 싫다.

엄마는 한술 더 떴다.

"너, 알고 보면 그거 결국은 네가 물려받게 되어 있는 네 거야."

"됐거든요."

그때부터 엄마가 나를 설득하기 시작했다. 처음에는 방학 때 밥해 주기 귀찮아서 아무 데나 보내 버리려는 게 아닐까 생각했다. 찾아보면 기숙 학원을 피하는 다른 방법이 있을 것이다.

다행히 아빠는 폭력적인 말은 써도 폭력적인 행동은 삼가는 편이다. 사실 몸에 나쁜 자극이 들어온다면…… 난 어쩌면 미쳐 버릴지도 모른다. 학교에서 선생님한테 딱 한 번 주먹질을 당한 적이 있는데 그때가 그랬다. 저 한 고개만 넘어가면 미친 세상이 도래한다. 난 그걸 느꼈다. 그래서 정신 바싹 차리고 생각을 멈추었다. 숨도 참았다.

또 이런 상상을 한 적도 있다. 만약 내가 독립운동을 하다가 잡혔는데 고문을 앞두고 있다면……. 저벅저벅 고문 기술자의 발소리가 들린다. 문이 열린다. 그러자마자 "알았어요. 다 불게요. 원하는 게 뭐예요?" 하면서 손을 싹싹 비빌 놈, 그놈이 바로 나일까 봐 두렵다. 살면서 약한 모습을 보일 수는 있겠지만 비겁하기는 싫다. 정의롭지는 못해도 누구에게 큰 피해를 입히고 싶지는 않다.

아빠는 도대체 얼마나 화를 낼까. 혹시 처음으로 매를 맞는 건 아닐까. 물론 운이 좋을 수도 있다. 아빠가 바빠서 얼굴 보기 어려울 때가 얼마나 많은지. 그러니 차라리 행운을 바라는 게 낫지 않을까.

그런데…… 이상한 건 일 초, 이 초…… 시간이 지나면서 자꾸만 그 빌어먹을 칼이 궁금해지는 거였다. 머릿속에 길고 빛나는 칼 한 자루의 형상이 떠올랐다. 그러더니 그 칼은 점점 얼마 전 우리 집 거실에 걸려 있던 칼의 모습으로 변하는 게 아닌가.

어느 날 아빠가 때깔이 죽이는 장검 한 자루를 가져와 거실 복판에 걸어 놓았으나 엄마가 "아유, 정신 사나워. 여기가 당신 사무실이야? 정 걸어 놓고 싶으면 당신 직장에다 걸어 놔." 하면서 치워 버렸다. 아빠는 집안에서 여자가 저러니까 남자가 밖에 나가서도 기를 못 펴고 재수가 없다며 펄펄 뛰었으나 그 칼을 다시 걸지는 못했다.

손잡이 하나는 번쩍번쩍 진짜 멋있는 장도였는데…….

그러자 잠깐이지만 소름 끼칠 정도로 흥분되는 순간이 왔다. 흥분을 가라앉히기 위해 그토록 아름답던 집안의 가보 기인도가 짜리몽땅한 잡동사니 부엌칼로 변하고 말았다는 말을 억지로 상기해 내야 했다.

그렇게 만든 사람이 할머니라는 것은 정말 믿기 힘들다. 장검을 녹여 부엌칼로 만들다니. 대단하기도 하고 엉터리 같기도 한 이야기가 아닌가. 할머니는 분명히 대가 센 여장부일 것이다. 목소리가 쩌렁쩌렁하고 화통하게 웃음 짓는. 아니면 일류 요리사처럼 솜씨가 좋고 감정이 섬세한 사람일까?

어쨌거나 내 칼이라지 않는가. 대를 이어 나에게 전해질 칼이라지 않는가. 아빠가 그것 때문에 할머니와 사이가 좋지 않은 것만 봐도 보통 칼은 아닐 것이다. 사실 한번 보고 싶기는 하다. 그러고 나서 그걸 가질 건가 말 건가 결정해도 된다.

그런데 칼에 대한 궁금증이 먼저인가 기숙 학원을 피하고 보자는 게 우선인가. 나는 마음을 결정하기 위해 엄마에게 중요한 질문을 던졌다.
"저한테 원하는 게 뭐예요? 왜 저를 거기 보내는데요?"
"그거야……."
엄마는 침을 꼴깍 삼키더니 이렇게 말했다.
"난 네가 머리가 나쁘다고는 생각 안 해. 아직 성취동기를 못 찾은 것뿐이야. 난 기숙 학원에 널 보내는 것보다 할머니한테 보내는 것이 더 도움이 된다고 봐. 가서 공부를 왜 해야 하는가, 왜 대학을 가야 하는가……."
"됐거든요."
역시나, 하는 생각에 나는 엄마 말을 버릇없이 댕강 자르고 말았다. 엄마가 "이, 이." 하면서 주먹을 쳐들었으나 내가 그것을 잡아 사뿐히 내려놓았다. 그건 내 특기이기도 하다. 엄마한테서 배운. 1학년 때 학교 선생님한테 주먹질당한 것도 그러다가 겪은 봉변이었다. 물론 윤리 선생이 내 말을 잘못 알아듣기도 했지만.
할머니한테 가서 왜 대학을 가야 하는지 생각해 보라고?
엄마 역시 아닌 척하지만 나의 성적을 현실로 인정하지 않으려는 것이다. 여느 부모들처럼 자기 아들은 머리가 좋은데 열심히 안 해서 성적이 나쁘다고 편하게 생각한다. "나중에 뭐가 되려고 그러니?" 엄마가 그렇게 물었을 때 나는 이렇게 대답한 적이 있다. "나중에 자그마한 음식점 하나만 차려 주세요. 그러면 새벽부터 나가 쓸고 닦고 키워 나갈 자신 있어요." 그랬더니 엄마 왈, "그건 결국 아무것도 되고 싶지 않다는 거잖아?" 했다. 맙소사! 음식점 하는 사람은 아무것도 아니라는 뜻이 아닌가. 판검사, 의사는 되고 음식점 사장은 안 된다는 거다. 엄마는 좀 다르지 않을까 기대한 내 잘못이지.

사실 엄마가 "나중에 뭐가 되려고 그러니?"라고 할 때 한 번쯤은 교사가 되고 싶다는 것을 밝히고 싶었다. 엄마가 어떻게 나올지도 궁금했다. 하지만 끝내 말하지 못한 것은 상처받고 싶지 않았기 때문이다. 판사가 못 되는 것은 내가 원하는 것이 아니기에 괜찮고 작은 가게를 하는 것은 어렵지 않을 것 같기에 상관없다. 판사나 음식점 사장은 나를 상처 입히지 못한다. 그런데 교사가 되고 싶다는 것은 좀 다르다. 누가 그걸 잘못 건드리면, 이를테면 성적 때문에 넌 교사가 될 수 없다고 해 버리면 난 정말 마음이 아플 것 같다. 나의 진심은 판사와 음식점 사장, 그 사이에 숨죽인 채 웅크리고 있다. 그러므로 나는 할머니 집에 가지 않을 것이고 갈 필요도 없다.

하지만 늦은 아침을 다 먹기도 전에 나는 정반대의 결단을 내렸다. 분명 후회하겠지만 가서 아니다 싶으면 내일 당장 올라와도 된다는 엄마 말에 위안을 얻었다. 어쩔 수 없는 선택인 척했지만 혹시라도 거기 가서 생각지도 못한 충전을 받고 올 수도 있지 않을까 하는 막연한 기대, 그것마저 없었다면 거짓말일 것이다. 그랬다. 엄마가 원하고 기대하는 컨셉에 나는 나도 모르게 나를 맞추어 가고 있었다.

04
저짝섬으로

"아들, 잘 다녀와."

마지막 인사말을 남기더니 엄마는 전화기를 귀에 대며 현관문 안으로 들어가 버릴 태세다. 손짓으로 통화 중이라는 핑계를 대면서. 나는 트렁크를 세우면서 막 닫히려는 문을 완력으로 잡아 세웠다. 아무래도 불안하다. 아빠가 이 사실을 알면 부모 자식 사이를 끊자고 할는지도 모른다. 아빠는 그렇게 한 사람이다.

"어머니, 정말 믿어도 되나요?"

나는 간만에 제대로 존댓말을 썼다. 나중에 딴소리하기

없기라는 뜻이다.

"그렇다니까, 우리 집의 평화는 내가 알아서 사수할 테니 걱정 말고 다녀와."

결국 문이 닫히고 띠리리 잠기는 소리가 들렸다. "하여간!" 나는 엘리베이터 버튼을 누르면서 큰 소리로 투덜거렸으나 누가 들을까 봐 뒷소리는 속 안에서 옹알거렸다. 시외버스 터미널이 코앞인데 바래다주기는커녕 엘리베이터가 올 때까지 기다려 주지도 않다니. 자식을 사지로 내보내면서…….

엘리베이터에서 내려 트렁크를 끌고 아파트 현관을 나설 때였다. 경비실 뒤에서 까만 빵모자 하나가 툭 튀어나왔다. 동윤이다.

"뭐야, 너 그깟 수리비 몇 만 원 때문에 튀는 거냐, 지금?"

놈은 안 그래도 이럴 줄 알고 체포하러 나온 참이라며 난리다. 남의 속도 모르고! 하지만 결국 내가 끄는 트렁크에 눈이 갔고 그 크기와 무게에 놀란 것 같았다.

"어디 가냐? 도망가는 것치곤 좀 지나친 액션이다."

"아예 지구를 떠나는 중이다, 왜?"

나는 무심한 척 트렁크를 끌고 아파트 현관을 나섰다. 녀석이 종종거리며 따라붙었다. 야구 방망이로 맞았다더니 멀쩡하기만 하네!

"보아하니 비행기 타고 다른 대륙으로 떠나시는 것 같은데, 어학연수 가는 건 아닐 테고, 혹시 해외여행? 너 미쳤니? 고3을 코앞에 두고?"

"그래, 나 미쳤다."

"어디 가는데?"

"할머니 집."

"너 할머니 없잖아."

"있어."

"어딘데?"

"상주."

"광주? 중국에 있는 광주?"

완전히 동문서답이다. 누구 닮아 귀 잡수셨나?

"전자사전 액정 수리비 같은 소리 하고 있네. 중국에도 광주가 있냐?"

놈은 있다고 우겼다. 그러고 보니 비슷한 지명이 있었던 것 같다. 광주? 광저우? 하여간 이것도 글로벌 시대가 낳은 일종의 부작용이다. 상주를 광주로 잘못 들은 건 그렇다 치더라도 광주를 우리나라에 두 군데나 놔두고도 남의 나라에 있는 것부터 떠올리는 이 낯 뜨거운 비애국심의 작태라니. 이럴 줄 알았으면 아예 저짝섬이라고 해 버릴 걸 그랬다. '할머니'나 '상주' 같은 말은 우리 집에서 금기어인데 그래도 꼭 해야 할 때 그것 대신 '저짝섬'이라고 한다. 상주에서 시내버스 타고 한참 들어가야 나오는 '작전'이 할머니가 사는 곳인데 명절에 우리 집으로 제사 지내러 온 삼촌이 '저기 작전'이라는 말을 '쩌기 짝쩐'이라는, 경상도 식도 아니고 전라도 식도 아닌 발음을 한 게 계기가 되었다. 우리 집안은 원래 경상도 사람들인데 삼촌은 오랫동안 전라도에서 선박회사 직원으로 살았다. 지금은 은퇴하고 딸기 농사를 짓기 위해 거주지를 다시 고향 마을인 상주시 작전으로 옮겼다. 말투에 잡스러운 데가 있는 것은 그 때문이다. 어쨌거나 내가 들은 것은 명절이 끝나 삼촌이 작전으로 빠지고 난 뒤 그 말이 변하고 변해서 저짝섬이 되었다는 믿거나 말거나 한 소리였다.

"얼마나 있을 건데?"

"몰라, 가 봐야 알아."

모든 것이 그렇지만 가장 불안한 건 아빠가 이 사실을 모른다는 것이다. 친할머니 집에 가는 것을 두고 아빠를 두려워한다는 게 이상하게 들릴는지도 모르겠다. 우리 집은 그렇다. 정확하게 말해 아빠는 내가 할머니 집에 가는 것을 원하지 않을 것이다. 아버지 자신이 할머니를 안 보고 산 지 십오 년이 넘었다고 한다. 그러니 내가 끄는 건 여행 가방이 아니라 완전 폭탄이다. 차라리 기숙 학원에 가는 게 낫지 않을까 싶을 정도로 나는……. 아빠를 거역하는 게 힘들다.
"이리 와 봐."
맥도날드 앞을 지날 때 무슨 꿍꿍인지 버터남이 내 손을 잡아끌었다. 내가 할머니한테 봉사 활동 하러 간다는 말을 흘리고 난 뒤였다. 하루 여덟 시간 하면 여덟 시간으로 쳐주는 봉사 활동과는 달리 이 경우에는 하루 이십사 시간 풀로 쳐준다는 말이 특히 유혹적일 것이다. 거기서 먹고 자고 해야 하니까 당연한 거다.
"나도 가자."
내가 자리에 엉덩이를 붙이기도 전에 동윤이가 말했다. 봉사 활동이 낚싯밥이었다면 놈이 걸려든 게 맞다. 하지만 미안하게도 나는 친구를 낚시할 생각이 전혀 없었다. 내가 왜 나도 잘 모르는 집에 친구를 데려가겠는가. 그것도 같이 있으면 왠지 모르게 부담스러워지는 저 뺀질이 버터남을. 동윤이는 아주 절박한 표정이다.
"안 그러면 나 기숙 학원 가야 할지도 몰라."
"기숙 학원, 너도?"
"그럼 너도?"
"아우, 몰라."
"1월 8일에 2차 개강한단다. 며칠 안 남았잖아. 나, 오늘 안으로 꼭 가출해야 해. 엄마가 백팔십만 원이라는 수강료

덜컥 내기 전에. 일단 그거 내고 나면 나도 마음이 약해질 것 같아. 너도 알다시피 나, 돈에는 무지 약하잖아."

녀석은 국수 먹듯이 후루룩 말해 버렸다. 그러고는 "친구야, 그동안의 의리를 봐서라도 같이 좀 가자."라며 애원하는 것이었다. 맙소사!

"같이 가자."

동윤이가 다시 한 번 강조했다. 아우, 내 어깨에 올려진 십자가 같은 놈! 나는 진저리를 쳤다. 그러면서 이상하다는 생각을 떨치지 못했다. 내가 아는 한 녀석의 성적은 완벽에 가깝다. 마음만 먹으면 어디든 갈 수 있다. 사실 우리 아빠가 기숙 학원 가라는 건 병아리 눈물만큼은 이해가 된다. 그래서 한편으로는 내가 기대에 미치지 못해 마음이 아프다. 그런데 동윤이 같은 절대성적을 굳이 그런 데 보내려는 이유가 무엇일까. 가정 형편이 좋은 것도 아닌데.

"너 성적 떨어졌어?"

"아니."

"그럼 왜?"

"그 이유가 진짜 웃기는 건데. 엄마 친구 아들이 이번에 수능 봤는데 평소보다 한 등급씩 밀려 나온 거야. 그 이유를 골똘히 따져 보다가 마침내 실력 있는 반수생들이 수능 막판에 대거 몰려왔다는 결론에 다다른 거야. 엄마는 불안해졌어. 나 역시 수능에서 다 2등급으로 내려앉지 말라는 법이 없다는 거야. 그러니 안전빵으로 가려면 기숙 학원밖에 대안이 없다는 거지, 이게 말이나 되니?"

동윤이는 말투를 무심하게 꾸몄지만 눈빛은 벌게져 있다. 순간 나는 녀석의 말이 마음 깊은 곳에서 나온 것임을 알아차렸다. 아무에게나 하는 말이 아니다. 가끔 그걸 느낄 때면 아닌 게 아니라 부담이 된다. 암튼 동윤이 엄마, 진짜 나무아미타불이다. 아니, 모든 부모들은 다 나무아미타불이다. 그들은 자기 자식이 2등도 아니고 3등도 아닌, 반드시 1등을 해야 한다며 안달하고 억지 부린다. 어떤 블로그에서 이 세상 부모들은 적자생존의 법칙을, 최고로 적응을 잘한 한 명만이 살아남는다는 식으로 오해하고 있다는 내용을 읽은 적이 있다. 원래는 환경에 그럭저럭 적응하여 남보다 조금만 더 잘해도 살아남는데 말이다.

동윤이 엄마 같은 분은 낙오와는 아무 상관도 없는 동윤이를 놓고 무지 오버하는 것이다. 도태되지 않고 살아남은 것을 칭찬하고 격려하기보다 무조건 1등만 고집한다면 그건 너 죽고 나 죽자는 뜻이 아닐까.

그나저나…… 나는 눈을 굴리며 한 등급씩 추락한 내 성적을 계산해 보았다.

올 4등급?

허걱! 나야말로 정말 기숙 학원에라도 가야 하는 거 아닐까. 나는 약이 올라서 녀석을 타박하기 시작했다.

"너 데이트 때문에 핑계 대는 거지? 함미란이 바람 피울까 봐 벌써부터 노심초사냐. 이런 밴댕이 소갈머리하고는. 함미란이 너 이런 애라는 거 알고 있냐?"

"그런 거 아니거든."

"뭐가 아니야, 딱 그렇구만."

"아니라니까."

녀석이 흥분하여 버럭 고함을 질렀다. 전자사전 액정 수리비 물어내라고 할 때의 그 표정이다. 나는 머쓱해져서 뒤로 물러났다. 성깔하고는!

"그렇다고 널 데려갈 수는 없어. 왜냐하면 나도 거기가 처음이거든. 나에게는 출생의 비밀 비슷한 것이 있단다."

나는 거짓말과 뻥을 섞어 되는 대로 지껄였다. 잘 먹히지는 않았으나 어차피 내일 도로 올라올지도 모른다는 말에 동윤이도 한발 물러섰다. 빈말이 아니라 왠지 그렇게 될 것 같은 예감이 아주 없는 건 아니었다. 그렇게 되더라도 친할머니니까 봉사 점수는 듬뿍 주시겠지. 그런 촌구석에서 무슨 봉사가 가능한 건지는 모르지만.

"나 데리고 가면 전자사전 수리비 오천 원 깎아 줄게."

동윤이가 발목을 걸었다. 끌리는 게 아니라 열이 받았다.

수리비에 대한 부담은 정말 부당한 강요였다. 게다가 통치는 것도 아니고 겨우 오천 원 깎아 준다고?

나는 시외버스 터미널로 가서 상주행 고속버스 표를 끊었다. 녀석이 나를 배웅하면서 할머니한테 용돈 받으면 전자사전 수리비부터 챙겨 놓으라고 말하는 순간 스트레스가 확 올라왔다. 나는 도망치듯이 버스 안으로 뛰어 들어갔다. 진드기 같은 놈!

05
시골 자가용

내가 탄 버스는 열한 시 이십 분 차로 엄마가 정해 준 것보다 출발 시간이 사십 분 늦었다. 동윤이한테 잠깐 한눈을 팔았던 탓이다. 상주에서 작전 가는 버스가 하루에 두 대밖에 없다는 말이 좀 걸리기는 했지만 까짓 사십 분쯤이야.

버스에 올라 표를 들고 자리를 찾고 있는데 분홍색 보따리를 안은 작고 촌티 나는 시골 할머니가 통로를 가로막은 채 버티고 서 있었다. 좌석을 못 찾고 헤매는 중이었다. 어깨 너머로 번호를 봤더니 한참 뒷자리여서 나는 봉사 정신을 발휘해 할머니의 허리를 잡고 살살 뒤로 떠밀었다.

"쭉쭉 안으로 더 들어가셔야 해요, 할머니."

내 딴에는 도와 드린다고 한 건데 순간 이 할머니가 버럭 화를 냈다.

"저리 치워, 어딜 손을 대. 나도 내 자리 정도는 내 힘으로 찾을 줄 안단 말이야!"

아우, 개망신! 사람들이 다 나를 쳐다봤다. 무슨 성추행범이나 불한당을 꼬나보는 그런 표정이다. 하마터면 눈 튀어나올 뻔했다. 진짜 쪽팔리고 기막히고 숨 막히고…… 확 되돌아 나가자니 뒤에 또 사람이 있고 내 자리로 가서 숨어 버리려고 해도 할머니가 막고 있어 그럴 수도 없고. 나는 통로 가운데 갇힌 기분이었다. 죽고 싶었다. 어른들은 아이들이 이런 일로 쪽팔려서 죽을 수도 있다는 것을 결코 알지 못한다. 만약 버스 안에 내 또래 아이가 하나라도 있었더라면 나도 내가 무슨 짓을 했을지 알 수 없다.

할머니는 한참이 지나 더듬더듬 자기 자리를 찾더니 "에고고고 허리야!" 진짜 희극적인 비명을 지르면서 털썩 주저앉았다. 나는 맨 뒷자리 높은 곳에 올라가 던지듯이 내 몸을 내려놓았다. 낯이 뜨겁고 감기가 오는 것처럼 기분이 엉망이다. 할머니한테 따질 수도 없고. 그렇다고 가만히는 못 있겠고……. 그때 바로 앞자리에 앉은 할머니 같은 아줌마인지 아줌마 같은 할머닌지 하는 분이 뒤돌아보면서 조용히 말했다.

"학생이 이해해. 요즘 어르신들은 젊은 사람 도움 없이 혼자 하는 걸 좋아해."

그러면서 아줌마인지 할머닌지 하는 분이 찡긋 웃었다. 아, 씨. 그렇다면 진작 말을 하든가 '초보 운전'처럼 하다못해 '봉사 필요 없음'이라는 문구라도 붙이고 다녀야 하는 거 아닐까. 나는 어른은 무조건 공경하고 도와 드려야 한다고 배웠는데. 어쨌거나 집 나오면 개고생이라더니 처음부터 이게 뭔가 싶다. 문제의 그 버럭 할머니를 보니 내 기분 같은 건 안중에도 없는 것 같았다. 따지고 보면 우리는 다 혼자고 혼자 살아가는 연습을 하는 게 배움이다. 언젠가 '떼루'라는 닉네임을 가진 사람의 블로그를 탐방했는데 캡처된 지식인 답변에 그런 말이 적혀 있었다. 기분이 슬슬 풀리는 것 같지만 내 손을 뿌리치던 할머니의 앙칼을 생각하면 여전히 뒷골이 쑤셨다.

나는 내가 당한 봉변을 문자로 찍어 동윤이한테 보냈다. 차는 이미 출발한 뒤였다. 확인을 누른 지 십 초도 되지 않아 이런 답이 도착했다.

「완전 계춘이네.」

맞아 맞아. 나는 답을 보내면서 혼자 낄낄거렸다. 계춘이는 우리 학교 교장 선생님으로 김효춘이라는 이름을 응용한 것이다. 생긴 거는 영부인처럼 귀티가 나는데 입에서 지르는 말이 영 아니어서 생긴 별명이다. 복도에서 "얘, 얘!" 하면서 불시에 나타나 머리 긴 애를 지목하며 "홀랑 닭털처럼 뽑아 버리기 전에 깎아!" 했고 다음 날 어떤 애가 반삭을 하고 나타나면 "누가 털을 홀딱 뽑으라고 그랬어?" 하면서 야단쳤다.

문자가 두어 번 오가는 사이 다행히 이상한 할머니와의 일은 어느 정도 정리가 되었다. 휴대폰을 주머니에 넣고 엠피스리를 꺼내 귀에 꽂았다. 엠피스리에서 이상은의 〈새〉라는 노래가 흘러나왔다. 작곡도 괜찮고 가사도 맘에 들지만 내 취향은 아니다. 소위 90년대 버전이다. 그걸 엠피스리에 담은 건 동아리에서 함께 듣고 의견을 나누어 보기로 했기 때문이다.

노래가 끝날 쯤에는 하나의 의문이 생겼다. 내가 스스로 내 취향이다 아니다 하는 평가는 나의 느낌일까 아니면 동아리 시간에 나누었던 대화의 영향일까. 맨 처음 그 노래를 들었을 때의 감정은 생각나지 않는다. 그러는 사이 음악은 자우림의 〈거지〉로 바뀌었다. *수상한 사람 건들건들, 걸어가는 모습 건들건들, 그래 여기 있다, 다 먹고 꺼져 줄래, 아*

냐 고맙다는 말은 안 해도 돼, 우리 다시 안 만나면 좋겠네, 배부르지? 배부르지? 물어보는 내가 바보지…… 오 더러워 징그러워, 오 꿈에라도 다시 볼까 두려워. 버럭 할머니 때문에 생긴 스트레스가 쫙 풀리면서 숨통이 시원하게 뚫렸다. 거의 해방에 가까운 감정이다. 버럭 할머니는 유령이 되어 껍데기만 남기고 버스 밖으로 날아갔다.

어른들 입장에서 보면 거지한테 더럽다고, 빨리 먹고 꺼지라고 하는 건 좋지 않은 인간성을 드러내는 것이나 다름없다. 그러므로 〈거지〉라는 노래는 이해할 수 없는 것이 된다. 하지만 그분들도 거지를 보면 이런저런 거부감을 드러낸다. 그래 놓고 그러면 안 된다고 가르치고 그러다가 또 어느 순간 스스로 모순에 빠지거나 모순을 드러낸다. 이 세상에서 정말 사라져야 하는 것은 무엇일까. 우리가 진짜 스스로를 돌아보는 건 '거지도 사람이니까 불쌍히 여겨야 한다'는 주장 앞에서가 아니라 '더러워', '꺼져'라는 식의 감정이 얼마나 차가운지를 직접 느끼고 깨달았을 때가 아닐까.

나는 앉은자리에서 건들건들 몸을 흔들어 댔다. 〈거지〉는 자우림의 이선규가 만든 곡이다. 예능에서 이선규를 본 적이 있는데 성격은 별로인 것 같다.

사실 내가 자우림을 좋아한 건 초딩 때부터다. 자우림 초기 노래가 이상하게 다 좋았다. 초등학교 5학년 땐가 6학년 때 엄마를 졸라서 세종문화회관에 공연을 보러 갔는데 가서 보니 김윤아 단독 콘서트였고 나하고는 안 맞는 컨셉이었다. 제목도 '공작부인의 비밀 정원'인가 그랬다.

동아리에서 〈새〉를 듣자고 한 것은 1반의 범생이 민정이였다. 민정이와 동윤이는 사촌 간으로 둘 다 성적이 장난 아니다. 민정이는 성남에 산다. 동윤이네는 민정이네보다 사정이 좋지 않다. 아버지가 안 계시니까 더 그럴 것이다.

동윤이 엄마는 동윤이 아버지 교통사고 사망 보상금으로 남한산성 근처에다 오리집을 열었으나 곧 망해 먹고 요즘은 킴스클럽 카운터에서 비정규직으로 일한다. 동윤이는 방 두 칸짜리 반지하 방에서 엄마와 단둘이 산다. 나는 우리 엄마에게조차 동윤이네 집을 정확히 말하지 않았다.

괜찮아.

동윤이가 윤리한테 이빨이 나간 대가로 받은 돈 이천만 원. 처음에는 울고불고했지만 정작 돈을 받아 든 엄마 얼굴에서 시름이 가신 것 같아 좋았다던 아이. 남편 없이 비정규직으로 살면서 아이를 키운다는 게 어떤 건지 알아? 동윤이네 엄마는 그 말끝에 어금니 두 개 없다고 사람이 죽지는 않는다고 했다던가. 새로 박아 넣으면 감쪽같아 티가 나지 않는다는 말은 지금 생각해도 그렇다. 동윤이 엄마는 만족할 만한 계산을 했을 때의 표정을 지었다고 한다. 엄마가 괜찮으면 나도 괜찮아, 괜찮고말고……. 괜찮다는 그 말이 빈말 같지 않았다.

미안하다.

나는 끝내 그 말을 하지 못했다. 처음에는 해도 소용없을 것 같아 안 했고 나중에는 동윤이가 나를 피하는 게 아니라 예전과 똑같이 대하는 걸 보고 못 했다. 그런 상황에서 미안하다고 하면 분위기가 이상해질 것 같았다.

세상에 알려진 건 그냥 '한 선생이 버릇없는 학생 뺨에 주먹을 넣어 이빨이 나갔다' 정도지만 그 한 문장 안에 다 들어가지 않는 우리들만의 사정이 있다. 그때 사실 나는 오랫동안 이런 생각에 시달렸다. '누가 저더러 나 대신 나서랬어? 지가 무슨 배트맨이라도 된다는 거야?' 만약 내가 맞았을 때 이빨이 나갔다면 어땠을까. 돈 몇 푼으로 무마될 수 있었을까. 잇몸에 금속이 박힌다는 건 어떤 기분일까. 언젠가는 동윤이한테 미안하다고 해야 할 것이다. 나는 그렇게 마음먹고 있다. 그렇다고 십자가가 가벼운 날개로 변할 수는 없겠지만.

암튼…… 〈새〉의 감상을 말하면서 민정이가 핏대를 올렸던 걸 똑똑히 기억한다. 성장 위주의 문명에 대한 비판이라는 둥 물질 만능주의에 대한 성토라는 둥, 다 맞고 옳은 말씀이지만 동시에 뻔한 이야기기도 하다. 그런 평가가 어리

둥절했던 것도 사실이다. 음악을 들을 때 나는 그냥 듣지 그것을 왜 들어야 하나라든가 왜 좋은지 따위를 생각하지 않는다. 엄마 말대로 생각 없는 놈이기 때문인지는 모르지만 내가 'UFO'라는 가요 동아리에 들어간 것도 그런 것을 배우기 위해서는 아니다. 그냥 음악이 좋아서 들어갔다.

동윤이가 민정이 말을 진작만 전했어도 거기에 들어가지는 않았을 거다. 녀석은 나하고 소개팅 시키려고 민정이한테 물어봤다가 거절당했다는 이야기를 한참 지나서야 들려주었다. 둘은 아주 특별한 사촌이다. 말로는 민정이가 꼬맹이 때부터 일방적으로 동윤이를 좋아하고 쫓아다녔다고 한다. 예닐곱 살 때 하도 민정이가 집착을 하니까 동윤이가 장난감 플라스틱 칼을 민정이 목에 대고 이렇게 물었단다.

"넌 내가 진짜로 좋다는 거냐?"

물론 어른들이 기억했다가 전해 준 내용이겠지만 그 한마디로 온 가족이 빵 터졌던 모양이다. 나 역시 웃겨서 죽는 줄 알았다. 친남매든 사촌이든 형제가 있다는 건 좋은 것 같다. 셋이 같이 있을 때 내가 느끼는 소외감도 묘한 기분을 불러일으킨다.

그런 민정이가 동윤이의 이빨 사건을 바라볼 때는 좀 싸늘한 태도를 취했다. 먼저 잘못을 했으므로 상황을 겸허히 받아들여야 한다는 것이었다. 사람이라고 다 사람이 아니라는 말은 놀라웠다. 인간이 되는 것에는 어떤 합격선 같은 게 있다는 것이다. "난 우리가 공부하는 것도 그 선에 도달하기 위함이라고 봐." 그것이 존경하지 않아도 괜찮을 것 같은 어른의 입이 아니라 가장 신뢰할 만한 우리 친구의 입에서 나왔다는 점에서 나는 적지 않은 충격을 받았다. 무엇보다 잘못한 것은 나지 동윤이가 아니기 때문이다. 나는 명백히 선생님 말을 잘라먹는 과오를 저질렀고 동윤이는 주먹질당하는 나를 변호하다가 맞았다. 그러므로 민정이가 비난한 것은 동윤이가 아니라 나다. 물론 나 역시 할 말이 아주 없는 것은 아니다. 그 사건에는 또 다른 변수가 있었다. 윤리 선생이 내가 "개념 없는 말이네요."라고 한 걸 잘못 알아듣고 엉뚱하게 "뭐 개자식이라고?"로 반응했던 것이다. 윤리는 내가 자기 말을 자른 것을 문제 삼은 것이 아니라 '개자식'에 격분했던 것이다. 그러나 개자식이라고 말한 사람은 아무도 없었다. 여기저기 함부로 난무했던 아이들의 의견처럼 진짜 나빴던 것은 단지 오해라는 놈이었는지도 모른다. 학교도 진상이 명백해진 것처럼 말하고, 사건을 덮기에 급급했지만 나는 오히려 반대였다. 누굴 미워하고 누굴 탓해야 할지 알 수 없었다. 모순이 뭔지는 확실히 알게 되었지만 그로 인해 길을 잃어버린 느낌이었다. 동윤이는 나를 위로했다. 괜찮아! 괜찮아, 괜찮아, 괜찮아······.

고맙고 따뜻하고 눈물겨웠다.

그 사건 이후 나는 성적이 조금 더 떨어졌고 나하고 비슷한 수준이던 동윤이의 성적은 급상승했다. 그건 다행이지만 또한 불가사의한 일이기도 하다.

엄마가 이 모든 사건을 조금도 알지 못한다는 것은 다행일까 불행일까. 엄마가 다른 엄마들과 정보를 주고받는 사이였다면 절대 몰랐을 수는 없다. 엄마는 그때 우울증 치료를 받고 있어서 매우 자폐적으로 생활했다. 나는 가끔 이런 상상을 한다. 엄마한테 그 사건에 관해 말하고, 아빠도 알게 되고, 그리하여 아빠의 힘과 권위를 탱크처럼 앞세우고 학교로 쳐들어갔다면. 휘유! 어쩌면 나는 애들 앞에서 개떡이 될지언정 숨통은 트였을지 모른다.

물론 지금은 거기서 상당히 벗어났다. 동윤이를 만나는 게 불편하지 않은 것만 봐도 알 수 있다. 좀 외롭기는 했지만 지나고 보니 엄마가 몰랐던 게 다행이다 싶을 때가 많다. 아버지를 이용하지 않았던 것은 더 다행이다. 만약 아빠가 내가 선생님 말을 잘라먹은 게 사건의 빌미가 되었다는 것을 안다면 오히려 망신이라고 여길 수도 있다. 자식이 되어 아빠를 기쁘게 하지는 못해도 개망신을 시킬 수야 없지 않을까.

이제 나는 〈새〉를 들으면 약간 슬픈 기분이 들고, 엄마 아빠가 생각난다. 공룡 발자국이나 화석을 분석해 보면 그게 언제 적 것인지 알 수 있듯이 노래에도 시간 같은 게 들어 있다고 나는 생각한다. 다 그런 것은 아니지만 어떤 노래를 들으면 그게 지금부터 몇 년 전쯤에 나왔는지 대충 맞힐 수 있다. 〈새〉는 내가 한 살 땐가 두 살 때 나왔으니까 엄마는 아마 그때 그 노래를 들었을지도 모른다. 〈거지〉는 그보다 십 년쯤 뒤에 나왔다. 나중에 삼십 년쯤 지나 〈새〉를 들으면 어떤 기분일까. 그때도 민정이와 동윤이를 떠올릴까.

내가 버스 뒷자리에서 그런 상념에 빠져 있을 때 전화가 걸려 왔다. 받았더니 삼촌이다.

"몇 시 차 탔나?"

내가 시간을 말했더니 그러면 차가 끊어지니까 자가용을 끌고 상주까지 마중 나오겠다고 했다. 나오지 마시라고 할 수도 없는 일이라 가만히 있었더니 삼촌은 도착해서 연락하라는 말을 남기고 전화를 끊었다. 밖을 쳐다보니 고속버스는 어딘지도 모르는 벌판을 달리는 중이다. 먼 산기슭에 희끗희끗 눈이 남아 있었다. 갑자기 겁이 나면서 긴장감이 몰려왔다. 내가 왜 저짝섬에 간다고 했지? 미쳤었나? 그 뒤로 친하지도 않은 친구들이랑 문자 몇 번을 주고받은 뒤 잠들었다. 스마트폰이라도 있으면 무난히 시간을 때울 수 있겠지만 내 휴대폰은 쪽팔리기 짝이 없는 구식 폴더형이다.

상주 버스 터미널에서 삼촌을 만나는 것은 별로 어렵지 않았다.

"이상진, 어서 와라."

삼촌이 얼마나 두꺼운 잠바를 입고 나왔던지 창피한 생각까지 들었지만 알고 보니 다 이유가 있었다. 삼촌을 따라 주차장으로 갔다가 나는 기절초풍하는 줄 알았다. 삼촌이 타라고 하는 자가용, 그것이 하도 괴물 같아서 나는 추위도 잊은 채 입만 딱 벌렸다. 입안으로 찬 바람이 술술 들어왔다. 창문도 없고 지붕도 없는 이상한 그 골동품을 자동차라고 한다면 내가 만날 깔아뭉개는 내 방의 대형 고릴라 인형도 아마 자동차의 계보에 들지 않을까. 삼촌의 자가용은 공룡처럼 긴 목을 납작하게 엎드리고 있는, 생긴 것부터가 볼썽사나운 물건이었다. 어렴풋이 티브이 같은 데서 보기는 한 것 같았다. 저 물건 이름이 뭐였더라?

06
어서 오세요, 여기서부터 19세기입니다

"이걸 타라고요? 제가?"

나는 혹시나 싶어 다시 한 번 삼촌을 쳐다보았다. 아버지하고는 생긴 것이 많이 다르다. 우리 아빠는 정준하처럼 키가 크고 몸무게도 많이 나가는데 삼촌은 키가 작고 말랐으며 광대뼈가 장난 아니게 튀어나왔다. 목소리도 낮고 차분해서 딱 봐도 '나 소심' 타입이었다. 연예인으로 치면 얼굴은 지상렬하고 비슷하지만 체격 차이가 너무 커서 닮은꼴이라고 할 수는 없다. 나는 "제가?"를 또박또박 강조했다. 좀 낯 뜨겁지만 솔직히 '우리 아버지 판사예요, 난 판사 아들이라고요'라는 식의 거만한 말이 금방이라도 튀어나올 것 같았다. 그랬다면 아마 내가 세상에 태어나 처음으로 아버지의 지위를 이용한 순간이 되었을 것이다. 서초동이나 대법원은 아니지만 그래도 대한민국 사법부에서 십오 년을 근무한 사람이 우리 아버지가 아닌가. 그런 사람 아들인 내가……. 너무 추워서 입 벌리기가 힘들지 않았어도 어쩌면 나는 그렇게 주장했을지 모른다. 아니, 그냥 평범한 고딩 아이라 하더라도 그렇게 딱딱하고 엉성한 쇠붙이에다 엉덩이를 붙이고 싶지는 않았을 거라고 본다. 무엇보다 최소한 교통수단이라면 바람막이 창문 정도는 있어야 하는 게 아닐까. 이렇게 영하 15도 어쩌고 하는 엄동설한에 히터는 못 틀어도 바람은 막아야 사람이 견딜 수 있을 테니 말이다. 사람이 아니라 돼지를 싣고 다닌다면 또 모르겠다. 놈들은 지

방충이 북극의 얼음만큼이나 두꺼우니 이보다 더한 추위도 거뜬히 견딜 것이다. 하지만 나는 돼지가 아니라 사람이다.

더 웃기는 건 삼촌이 미리 준비해 온 에스키모 털모자를 헬멧이라며 건네준 것이다. 차라리 말을 말지. 그러면서 하는 말이 이랬다.

"얼른 타, 경운기 처음 타지? 이래 봬도 탄탄해. 얼마 전 농민대회 한다고 시청 앞에 모였을 때는 이만한 교통수단이 없었지."

웬 농민대회냐고 했더니 한미 FTA인가 뭔가 때문에 송아지 값이 달걀 값으로 내려앉기도 했다고 한다. 달걀이라면 백 원? 이백 원? 송아지 한 마리가 백 원? 뻥이 심해도 이렇게 심할 수 있을까. 그렇다면 그 송아지 한 오십 마리쯤 사다가 애들한테 한 마리씩 선물이나 할까 보다. 단 반드시 성적순으로. 예를 들면 먼저 ①동윤이네 집 인터폰을 누르고 ②문이 열리면 ③송아지 궁둥이를 걷어찬 놈의 집 안으로 쑥 밀어 넣는다. ④다음 단계로 지체 말고 도망칠 것. ⑤십 분 만에 차동윤이라는 이름이 인터넷 검색어 1순위에 오른다. 우하하하하. 유쾌한 상상에 나는 입을 쩍 벌린 채 마음껏 히죽거렸다. 한편에서는 한미 FTA가 그렇게 진행되고 있나 의심이 갔지만 그동안 무관심했던 탓에 정확히 반박할 수 없는 게 아쉬웠다. 삼촌은 경운기에 타라고 하며 다시 한

번 그것이 얼마나 탄탄한지 강조했다. 그 괴물이 탄탄하다는 것은 말 안 해도 알 것 같다. 총으로 타이어를 쏴도 끄떡없고 탱크로 밀어붙여도 깔아뭉갤 수 없을 게 분명하다.

"네에."

어쩌겠는가. 별로 친하지도 않은 삼촌인데. 나는 궁시렁궁시렁, 자식을 사지로 몰아넣은 엄마를 욕하면서 삼촌이 가리키는 운전석 옆에 엉거주춤 궁둥이를 붙였다. 장갑이 없다는 것을 확인하고 당황한 삼촌이 자기 것을 벗어 주었다. 삼촌은 얇은 목장갑을 두 켤레 꼈다.

털털털털…….

마침내 시골 자가용이 촌스러운 출발을 알렸다. 소리가 진짜 웃겼다. 꼴에 그래도 차라고 매캐한 연기를 얼마나 뿜어내던지. 동영상을 찍어 19세기 기관차라며 블로그에 올리면 대박 나겠지만 이 자가용이 내가 탄 것이고 우리 아빠의 형님 것이라고 해야 한다면 사양하겠다. 하지만 그런 첫인상은 차라리 아무것도 아니다. 주차장을 벗어나나 싶었는데 어느새 경운기가 우회전을 두 번 거듭하더니 도로 한복판으로 접어들었다.

아뿔싸!

내가 도로라고 하면 아마 시골의 비포장 길을 떠올리겠지만 천만의 말씀이다. 상주 시내 번화가 한복판이었다. 경운기를 타고 나 이상진이 대도시 반들반들한 중앙 통을 뚫고 지나갔다는 뜻이다. 이건 90년대 버전도 아니고 80년대 것도 아니다. 그야말로 19세기형 소달구지에다 엔진을 붙여 놓은 것에 불과하다. 내가 그런 달구지를 타고 21세기 도로 한복판을 지나갔다고 하면 누가 믿을까. 잘빠진 관광버스와 에쿠스 자가용, 내가 좋아하는 아우디 같은 차들이 옆으로 매끄럽게 확확 지나다니는 그 길로. 아우, 쪽팔려!

나는 에스키모 모자를 눈썹까지 내려 쓰고 귀를 덮고 있던 끈을 묶어 얼굴을 최대한 가렸다. 이럴 때는 차라리 시골 촌놈이 되는 게 안전하다. 누군가 이걸 찍어 인터넷에 올리고 거기 탄 사람이 나라는 게 드러나면 그날로 나는 대한민국에서 아웃이다. 미국으로 이민을 가더라도 치욕이 거기까지 따라올 것 같다. 게다가 속도는 얼마나 느려 터졌는지. 뒤에 오는 차들이 연신 빵빵거리며 비키라고 난리인데도 삼촌은 고집스럽게 중앙 차선을 유지했다. 찬 바람이 몰려와 볼이 시리고 이마가 따끔거렸다. 나는 그만 눈을 감았다. 그런데 백만 년쯤 지난 것 같은 기분이 들어 눈을 떴더니 아직도 상주 시내였다. 그러기를 서너 번 되풀이한 끝에 드디어 좀 한적한 길로 접어들 수 있었지만 거기서는 차들이 놀리듯이 속도를 높여 지나갔으므로 또 기분이 나빴다.

그런데 이번에는 가도 가도 끝이 없었다. 오르막과 내리

막과 모퉁이 길과 산속 길이 끝도 없이 이어졌다. 한 시간쯤 지나자 몸이 동태처럼 얼어붙었다. 정말 죽을 것 같았다. 분통을 터트리고 싶어도 나는 이미 아이스맨으로 돌변한 뒤였다. 삼촌은 꼿꼿하게 앉아 운전에만 열중했고 뭘 물어보지도 않았다. 하긴 명절에 우리 집에 와서도 말없이 밤을 깎거나 티브이를 볼 뿐 좀처럼 먼저 말을 거는 법이 없었다. 그 때문인지 열 번도 넘게 본 사람이지만 처음 보는 것처럼 어색하고 낯설다. 다행히 그 와중에도 덜거덕거리는 내 턱을 본 것 같았다. 가파른 비탈길을 죽 내려가 어떤 집 앞에 이르더니 경운기가 섰다.

"춥지? 좀 쉬었다 가자."

삼촌은 나를 데리고 밀문을 열고 그 집으로 들어갔다. 얼굴이 빨갛고 둥글넓적한 몽고 아줌마 같은 사람이 우리를 맞았다. 다행히 뜨끈뜨끈한 난로가 있고 그 위 주전자에서 물이 끓었다. 낡은 선반에 과자가 쌓여 있는 것으로 보아 구멍가게인 모양이다. 포카칩, 새우깡, 농심 신라면 같은 이름이 보였다. 이상한 나라로 들어왔나 했더니 아직은 대한민국인 것 같아 다소 안심은 되었다. 하지만 아무리 둘러봐도 먹을 만한 것이 보이지 않았다. 사실 딱히 뭐가 먹고 싶은 생각도 없었다. 얼었던 코가 다시 작동하면서 콧물이 줄줄 흘렀다. 삼촌이 말했다.

"여기 두부 한 모만 썰어 주세요."

나는 내 귀를 의심했다. 가게 안에 들어와 웬 두부? 그때 삼촌이 별안간 소리쳤다.

"소주 한 병하고요."

음주 운전? 그러고 있는데 간장 종지와 두부 한 모가 나왔다. 소주도 곧바로 나왔다.

"찍어 먹어 봐라. 배가 뜨뜻해질 거야."

기가 막혔다. 어떻게 조리도 안 하고 삶기만 한 두부를 그냥 먹으라는 건지. 불만이 높았지만 나는 두부 먹고 숨이라도 콱 막혀 죽을 요량으로 젓가락으로 큰 거 하나를 집어 간장에 찍었다. 그때 삼촌이 갑자기 잔을 내밀었다.

"한잔할래?"

"아, 아니요."

"괜찮아. 마셔."

"아, 저 못……."

손을 내저으며 사양하다가 에라 모르겠다며 잔을 받았다. 소주가 목구멍을 타고 내려가자 속이 따듯해지면서 데워졌다. 두 잔을 마시고 났을 때는 기분까지 달라졌다.

"아직 더 가야 되나요? 왜 이렇게 멀어요?"

그렇게 말하면서 나는 두부를 입안에 넣어 씹지도 않고 꿀꺽 삼켰다. 씹어 봐야 죽을 맛일 게 뻔할 테니까.

"우리 집은 원래 상주보다는 함창에서 가깝다. 앞으로 한 삼십 분은 더 가야 해."

"네?"

"좀 춥지? 옷 바꿔 입을까?"

"그럼, 함창으로 오라고 해야지 왜 상주로 오라고 했어요?"

순간 불퉁한 내 말투가 마음에 걸렸으나 이미 뱉은 뒤였다. 싸가지 없이 굴다가 얻어터진 뒤로는 조심을 한다고 하지만 생각보다 말이 앞서는 것을 어찌할 도리는 없다. 엄마가 그렇게 나무랄 때는 "그러니까 애지."라며 변명하지만 남들한테는 속수무책이다. 솔직히 이런 경우에는 미안하지도 않다. 이런 추위를 견딜 사람은 세상에 많지 않다. 난 아직 미성년자인데. 그러자 내 안에서 '이럴 때만 미성년자?'라는 말이 툭 튀어나왔다. 마치 두 개의 문항이 서로 자기가 정답이라고 다투는 것 같다. 그러고 보니 내가 벌써 취했나?

"너무 추워요."

하마터면 너무 취했어요, 할 뻔했다. 큰일 났다. 난 술 마시면 주사가 있는데. 정신을 차리기 위해 삼촌이 옷 바꿔 입자고 한 말을 생각했지만 대답은 않았다. 함창으로 갔더라면 이렇게 창문도 없는 이상한 물건 위에 올라타 개 떨듯이 떠는 시간도 줄어들었을 테니까. 아니, 아니다. 조카가, 할머니 입장에서는 손자가, 난생처음 집을 방문하는데 자가용이 없다면 택시라도 태워 가는 게 예의 아닐까. 어떻게 이토록 추운 겨울에 경운기로 한 시간 반을 이동하라는 건지.

"그래도 네가 고향 땅을 처음 밟는 것인데 함창보다는 상주지. 상주가 어떤 곳인지 알아? 조상 대대로 뿌리를 박고 살아서 우리 집안과 관계되지 않은 것이 없는 곳이다."

칫, 그까짓 고향! 하지만 나는 놀란 눈으로 삼촌을 쳐다보았다. 말투 때문이었다. 잘은 모르지만 그건 삼촌의 목소리가 아닌 것 같았다. 내가 아는 삼촌의 이미지와도 거리가 멀었다. 처음으로 삼촌의 눈을 똑바로 들여다보고는 나도 모르게 웃음을 터트렸다.

"취하신 거죠? 헤헤."

"상진이 술이 약하네. 아빨 닮아서."

나는 오우! 하고 쾌재를 불렀다. 그동안 좀 허술한 사람이라고 단정해 왔는데 받아치는 솜씨가 장난 아니다. 순간이지만 말이 통한 것 같은 느낌이었다. 어느새 추위까지 싹 가셨다. 그나저나 음주 운전인데 이제 어떡하지? 잠시 후 삼촌이 가자며 일어섰을 때 예민한 내 성격이 발동하기 시작했다.

"음주 운전은 안 되는데……."

그러자 옆에 있던 몽고 아줌마가 삼촌 편을 들었다.

"아니야. 한 병밖에 안 마셨는데 뭘. 너그 삼촌은 세 병을 마셔도 끄떡없어!"

끄떡이 있는지 없는지가 음주 운전의 위험성을 다 말하는 것은 아닌데……. 조마조마한 마음으로 탈탈거리는 경운기 보조석에 올라앉았을 때였다. 동윤이가 전화를 걸어 왔는데 첫마디가 이랬다.

"야, 여기 상주 고속버스 터미널인데 너, 어디 있어?"

내가 미쳤느냐며 마구마구 화를 냈더니 요 버터남이 곧바로 "뻥이야!"라고 하는 게 아닌가. 어떻게 나오나 한번 떠봤다는 것이어서 더 기가 막혔다. 아직 집에는 안 들어갔다고 한다. 아침에 가출복으로 쫙 차려입고 나왔는데 한 시간쯤 같이 있던 함미란이 집으로 들어가 버리자 갈 데가 없어 결국 도서관에 와 있다는 말은 진짜 웃겼다. 하여간 공부만 하는 애들 요령 없는 건 알아줘야 한다.

"넌 그냥 기숙 학원 가라."

나도 모르게 그런 충고를 하고 말았다. 비싼 수강료가 덜컥 목에 걸리는 순간이다. 그런 생각이 밀려오자 기분이 나빠졌다. 나는 호통을 쳤다. "끊어!"

07
할머니 이상함, 이라고 나는 썼다

"됐다, 됐어."

멀고 먼 시간 저쪽에서 두런두런 들려오던 말소리가 가까워졌을 때 내 귀에 잡힌 첫마디는 그런 대사였다. 이건 꿈일까. 아니면 연극인가.

나는 완전히 잠에서 깨어났으나 눈을 뜨지는 않았다. 어른거리는 그림자, 말소리로 미루어 볼 때 목소리는 바로 내 콧구멍 가까이에서 났다. 한 사람은 할머니고 다른 사람은 삼촌임에 틀림없다. 두 사람이 잠자는 나를 들여다보고 있다는 것을 알 수 있었다. 할머니가 다시 한 번 "됐다."고 말했는데 딱히 누구에게 말한다기보다 일종의 감탄사 같았다. 되기는 뭐가 됐다는 걸까.

"그렇게 좋으세요?"

"좋지, 이제 죽어도 여한이 없을 것 같다."

이번에는 울먹울먹하는 목소리. 나는 하나도 공감이 안 갔다. 공감은커녕 닭살이 돋으면서 몸이 오글거렸다.

"우짜면 아가 요렇게 이뿔까? 눈에 넣어도 한 개도 안 아플 것 같다."

어제와는 달리 그 말은 싫지 않았다. 동영상을 찍어 내 친구들한테 돌리면 딱인데……. 다만 엉덩이라도 두들기면 어쩌나 겁은 났다. 아닌 게 아니라 내 아랫배는 빵빵하게 부풀어 오른 상태였다. 오줌을 눠야만 하는데…….

어젯밤 일이 낱낱이 떠올랐다. 먼저 내가 만든 블로그에 이런 제목의 메모를 남겼다는 것부터 밝혀야겠다.
'할머니, 어린 강아지를 발로 밀다'
하지만 그건 대화용, 혹은 전시용일 뿐 내 마음속에는 '할머니, 이상함'이라는 메모가 남았다. 처음에는 '할머니, 무식함'이라고 생각했다가 너무한 것 같아 곧바로 수정했다. 나는 할머니를 사회사업가 정도로 생각했나 보다. 그런 상상을 하고 왔다가 전혀 그렇지 않은 할머니를 만나니까 상당히 당혹스러웠다.
"아이구, 야가 가라?"
마당에서 나를 맞은 할머니가 양팔을 벌리며 오리걸음으로 다가왔는데 내가 짐작한 외모와는 판이하게 달랐다. 한복 같은 것을 차려입고 말이 없으며 엄격하지만 인자한 모습. 사회사업가라면 안경 정도는 써 줘야겠지. 아빠처럼 키는 훤칠할 것이고. 하지만 할머니의 진짜 모습은 키가 작고 얼굴은 거무레하고 쭈그러졌으며 머리는 할머니들 특유의 뽀글이 파마를 한 상태였다. 말투는 왠지 모르게 방방거렸다. 버스에서 본 버럭 할머니가 연상되었다.

 인상적인 것은 마당에서 나를 기다린 게 할머니만은 아니라는 것이다. 큰 어미 개와 강아지 세 마리, 새끼 염소와 송아지와 어미 소, 닭은 셀 수 없이 많았다. 녀석들이 겁도 없이 내 발밑에서 계속 얼쩡거리는 바람에 나는 곡예를 하듯이 도망을 다녔다. 고3이 되는 해 1월에 동물을 밟아 죽이는 것만큼 불길한 조짐이 또 있을까.

 방에 들어가 절을 하려고 했을 때는 할머니가 한사코 거절했다. 다른 심각한 이유가 있다기보다는 부끄러워서였다.
 "그냥 받으세요!"
 삼촌이 할머니를 억지로 주저앉히고서야 절을 할 수 있었다.
 "음매음매."
 할머니가 갑자기 소 울음소리를 내는 통에 당황한 나는 두 번째 절을 하기 위한 자세를 취했다. 옆에서 삼촌이 얼른 말렸다. 그제야 제사가 아니니까 한 번만 절해야 한다는 것이 환기되었다. 괜히왔어괜히왔어진짜괜히왔어……. 나는 할머니 앞에 앉으면서 어리석은 나를 무수히 나무랐다.

"우짜면 아가 요다지도 이뿌냐?"

할머니가 앉은걸음으로 다가와 내 얼굴을 만졌다. 이번에는 "음매음매."가 아니라 "으매으매."라고 했다. 머리를 쓰다듬을 때는 나도 모르게 몸을 움츠렸다. 특히 이런 말은 진짜 이상하고 이해가 안 갔다.

"너그 어매 아배도 다 잘 지내는가 부다. 아이구, 감사한 일이라. 감사하고 고마운 일이라."

웬 만화책에서 나오는 배경 음악 같은 소리! 내가 먼저 할머니 안부를 여쭙고 부모님 소식을 전해 드려야 하는데 그걸 안 하니까 할머니가 대신 한 건가. 그래서 좀 늦기는 했지만 냉큼 나서서 부모님은 다 잘 계신다고 말했다.

"말 안 해도 알아여, 다 알아여. 너한테서 너그 어매 아배가 다 보이여, 훤히 보이여."

"네?"

이번에는 으스스했다. 나한테 엄마 아빠 귀신이라도 씌었다는 건가. 그때 옆에 있던 삼촌이 할머니 말을 통역했다.

"노인들은 어떤 사람을 통해 그 사람과 함께 사는 사람들의 상태를 파악할 수 있다고 믿는단다."

"부모님과 저는 지금 서로 떨어져서 전혀 다른 생각을 하고 있을 텐데요?"

"그래도 크게 보면 다 같은 하나니까. 네가 의젓하고 편안

해 보이니까 할머니가 그렇게 생각하시는 거야."

나는 고개를 끄덕였지만 '저 별로 편하지 않거든요'라는 불만의 말이 금세라도 튀어나올 것 같았다.

저녁 식사는 맛있었다. 엄마와는 비교가 안 되는 솜씨였다. 된장찌개는 내가 좋아하는 맛이고 갈치조림은 달달하니 간이 맞았다. 거기에다 보기에는 평범한 계란 반숙 프라이가 얼마나 고소한지 체면 불구하고 다섯 개나 먹었다. 나중에 들은 바로는 그 계란이 바로 전통 계란이란다. 사료를 먹이지 않고 정상적으로 풀어서 키운 닭의 알. 생각 같아서는 아파트에서라도 키우게 한 마리만 달라고 하고 싶다.

그런데 저녁을 먹고 오랜만에(그토록 만족스러운 식사가 도대체 얼마 만이었던가. 남들은 엄마 밥이 좋다는데 우리 엄마 밥은 언제나 인스턴트다.) 배를 두드리며 컴퓨터가 있다는 방으로 건너가려고 할 때였다. 불 켜진 마당에서 희한한 장면을 목격했다. 할머니가 개집 밖으로 뽈뽈거리며 기어 나온 강아지를 털신 신은 발을 이용해 안으로 떠밀어 넣더니 이렇게 나무라는 것이었다.

"이눔 시끼들이, 추운데 얼어 디질려고 환장했냐?"

나는 숨도 쉬지 않은 채 그 자리에 얼어붙었다. 다른 상황에서라면 웃겨서 웃었을지도 모른다. 강아지를, 그 연약한 몸을 발로 밀어 넣는 것도 말이 안 되지만 할머니가 하는 욕은 왠지 모르게 저속하게 들렸다. 물론 누군가 너는 욕 안 하느냐고 하면 할 말은 없다. '디진다'는 말, 우리는 더 한다. 그런데 할머니가 하니까 너무 이상했다. 우리는 농담으로, 크느라고 욕을 하지만 다 커서 완성된 어른이 왜 욕을 하는 걸까. 할머니는 덜 완성된 걸까. 결국 이상한 거라고, 그래서 그런 거라고 나는 내 마음대로 단정했다. 그런데 나를 발견하고도 할머니는 아무렇지도 않은 것 같았다.

"오짐 누러 가냐?"

천연덕스레 물었다. 화장실 방향을 가리키면서 한 말은 진짜 대박이었다.

"똥 눌 때는 똥구멍이 얼어붙을지도 모르니까 반다시 불을 너라."

삼촌한테 미리 설명을 듣지 않았더라면 무슨 소린지 몰랐을 것이다. 화장실에는 난방이 안 되니까 일 볼 때마다 벽걸이 히터를 틀라는 뜻이다.

나는 내 블로그에다 그런 내용을 시시콜콜 다 밝히지는 않았다. 좋게 썼다. 과장할 건 과장하고 가릴 건 가렸다. 쓰다 보니 내 글이 점점 모험담으로 변해 갔지만 나는 그렇게 '척하는' 나를 내버려 뒀다. 그러고 나서 몇 군데 돌아다니며 음악을 듣다가 다시 들어가 보니 벌써 댓글이 붙어 있다.

증겨운 욕이네요 . 할머니랑 즐거운 시간 보내세염. ^^

닉네임이 '미이라'라는 것뿐 누군지는 알 길이 없었다. 나는 **'진짜진짜 증겨워요'**라고 받아치고는 컴퓨터를 껐다.

삼촌은 내가 자야 할 곳을 안내해 줬는데 침대 대신 두꺼운 요와 이불이 깔려 있었다.

나는 가느다랗게 눈을 떠 보았다. 날이 완전히 밝은 건 아닌 모양이다. 방 안은 어둑하고 전등은 켜 있지 않았다. 방바닥이 아직 따뜻하다는 게 두꺼운 요를 통해서도 감지되었다. 할머니와 삼촌이 바로 옆에 똥 누는 폼으로 쪼그리고 앉아 있었다. 양 팔꿈치로 제각각 무릎을 짚은 채 나를 들여다보며, 나에 관해 대화를 나누는 중이었다. 모자는 사이가 좋아 보였다. 전깃줄에 나란히 앉아 있는 비둘기 두 마리 같다. 그 비둘기들이 다른 새끼 비둘기를 내려다보며 격한 감동을 나누고 있는 것이다.

이해가 아주 안 가는 것은 아니다. 언제부터였는지는 모르지만 할머니는 손자를 못 보고 살았다. 삼촌이 장가를 안 가고 독신으로 살았으니까 할머니에게 하나뿐인 자손이 바로 나다. 효령 대군 25세손에다 정조 대왕이 하사하신 기인도의 여덟 번째 주인인 나. 비둘기들은 내가 원하든 원하지 않든 이 집안의 과거와 현재, 미래가 바로 나라고 생각하지 않을까. 저렇게 쪼그리고 앉아 있으면 지나간 시간 같은 게 저절로 떠오를 것 같다. 오래전에는 할머니와 아빠도 한 세트처럼 다정한 사이였을 테니까. 나는 할머니가 약간 불쌍했다. 하지만 동시에 나도 불쌍하다. 무엇보다 내 아랫배가 난리도 아니었다. 여차하면 실수를 하게 될 것처럼 상황이 긴박했다. 하지만 나는 이를 악물고 참는 쪽을 택하지 않을 수 없었다. 도저히 눈을 뜰 용기가 나지 않았다. 눈을 뜨면 왠지 모르게 방 안으로 비가 주룩주룩 내릴 것 같다. 아니, 겨울이니까 눈일는지도 모른다. 그런 생각을 하다가 나는 또 스르르 잠이 들었다.

08
바디랭귀지에 홀려 순결을 잃다

누군가 나를 흔들어 깨웠다.
"일어나래, 일어나래."
나는 벌떡 일어나 앉았다. 한 여자애가 보였다. 만화에 나오는 전형적인 여학생처럼 머리카락을 양쪽으로 질끈 묶었다. 그런데 얼굴이 왠지 이상하다. 투실투실 살이 찐 걸 지적하는 건 아니다. 사각 턱을 말하는 것도 아니다. 눈빛이 좀 그랬다. 뽀샵 처리가 필요한 눈이랄까. 만약 그 애가 그림이라면 여기저기 연필 선을 넣어 밑그림을 더 다듬어야 할 것 같았다. 하지만 어느 부위를 정확히 어떻게 고쳐야 하느냐고 물으면 꼬집어 말하기 어렵다.

"오래, 오래."

여자애가 어딘가를 가리켰다. 심지어는 일어나 걸어가는 흉내를 냈다. 누군가 나를 어디로 데려오라고 시킨 모양이다. 일종의 바디랭귀지인 셈이다. 언어가 안 통하는 외국인은 아니지만 여기에 산다는 것과 수도권에서 산다는 것은 멀고도 먼 차이를 의미하지. 바디랭귀지를 사용할 만해. 나는 슬금슬금 일어나 밖으로 나가려고 했다. 화장실이 급했다. 그런데 여자애가 "이불 개, 이불 개." 하고 말했다. 그때까지만 해도 짜증이 나기는 했지만 그 여자애에 관한 인상이 확정되지는 않았다. 시골 애는 저런가 보다 했다. 나는 어쩔까 하다가 요와 이불을 그대로 포개 구석으로 대충 밀었다. 여자애가 다시 개라고 예의 없게 말하기에 톡 쏘아 주었다.

"됐거든."

어기적어기적 화장실에 도착한 내가 막 추리닝 바지를 내리려고 할 때였다. 뒤따라 들어온 여자애가 "쉬할라고?" 묻더니 순식간에 나를 제치고 변기에 쪼그리며 자기 옷을 내려 보이는 게 아닌가.

어?

이건 비밀인데…… 그 순간 어쩔 수 없이 여자애의 하얀 궁둥이를 보고 말았다. 아우, 된장! 지금까지 못 볼 거 안 보고 나쁜 거 피하면서 지독한 의지 하나로 견뎌 온 나였는데 이렇게 벼락같이 순결을 잃어버리다니. 완전히 공황 상태에 빠진 나와는 달리 여자애는 왠지 모르게 으스대는 표정으로 이렇게 말하는 게 아닌가.

"이렇게 하고 쉬하면 돼, 알았지?"

이를테면 나한테 쉬하는 방법을 가르치고 있었던 것이다. 나는 기절초풍 완전히 실신하는 줄 알았다. 밖으로 그냥 튀어 나가면 되는데 다급한 나머지 그런 생각조차 할 수 없었다. "엄마!" 하고 비명을 지르면서도 볼 건 다 보았다. 어쨌거나 나는 확실히 알게 되었다.

바보구나!

다행히 여자애가 얼른 바지를 올렸다. 하지만 부끄럽거나 창피해서가 아니었다. 그다음 단계로 나에게 휴지를 어떻게 사용하는지 가르치려고 잽싸게 행동한 것 같았다. 여자애가 휴지를 접어 "이건 말이야." 하기에 나는 더는 참지 못

하여 버럭 고함을 질렀다.

"나가!"

나는 얼른 여자애를 밖으로 몰아내고 화장실 문을 닫아 걸었다. 밖에서 여자애 목소리가 계속 들려왔다. "고추를 잘 닦아야지 안 가려워." 하는 식의, 어디서 듣도 보도 못한 설명이었다. 너무 놀라서 그런지 아프기만 하고 오줌은 나오지 않았다. 숨을 몇 번 쉬고 나서야 겨우 일을 마칠 수 있었다. 화장실에서 나오는데 여자애가 이번에는 "아야!" 하면서 이마를 비볐다. 내가 문을 밀고 나오는 바람에 머리를 박은 게 분명하다.

"안 아푸다, 히……."

여자애가 이마를 만지며 히죽 웃었다. 본격적으로 바보 티를 내기 시작한 것이다.

여자애를 따라갔더니 할머니가 기다리고 있었다. 할머니는 "아이구, 양분이가 심바람도 잘 허누만." 하면서 여자애를 칭찬했다. 양분이? 차라리 칼로리라고 하지. 이름을 그렇게 지으니까 애가 저 모양인 거라니까. 나는 누군지도 모르는 사람, 즉 양분이한테 양분이라는 이름을 지어 준 사람을 실컷 비웃으며 힐뜯었다. 문제는 이곳이 커다란 식당이라는 것이다. 밖에는 분명히 마을 회관이라고 적혔는데 안으로 들어왔더니 식당이었다.

"어려운 것은 아니지만 인내심이 필요허고 또 서울에서 고이고이 귀하게만 자랐는디, 우리 손지가 잘 할 수 있을 거나?"

할머니가 아침상을 차리면서 말했다. 나는 화들짝 놀라며 소스라쳤다. 혹시 그 봉사라는 것이 이곳 식당에서 밥하는 거? 설마!

09
설마는 사람을 잡아먹는다

설마가 사람 잡아먹는다는 말이 왜 생겼는지 알겠다. 설마는 정말 사람을 잡아먹었다. 내가 희생자였다. 그뿐이 아니다. 설마는 거짓말도 한다. 내가 "날더러 밥을 하라고요?" 했더니 할머니가 손을 내저었다.

"밥은 무신. 그냥 설거지허고 밥 나르고 주방장 아줌니가 시키는 것만 하만 되니까 걱정 말어, 쉬운 일이라."

그거나 저거나. 나는 한숨을 푹 내쉬었다. 기숙 학원을 갔어야 했다. 지금까지 아빠가 시키는 대로 해서 손해난 적이 있던가. 알바 한 번 해 본 적 없는 내가 식당에서 밥하는 것을 거들다니. 우리 엄마도 싫어하는 밥하기가 아닌가. 우리 집안은 유전적으로 밥하는 걸 싫어한다. 내가 나중에 식당을 차리겠다는 것도 그것을 경영하겠다는 것이지 밥을 하겠다는 의미는 아니다. 난 그냥 몸에 나쁘다는 인스턴트 같은 거 많이 먹으며 살다가 빨리빨리 죽을 거다. 나는 누가 주방장 아줌마냐고 물어보았다. 할머니는 주방장 아줌마가 밤에 온다고 했는데 어쩐지 이상하게 들렸다.

"그런데 여기는 뭐 하는 데고 누구한테 밥을 해 주는 건데요?"

"할아버지 할머니 들 밥 먹어, 여기서."

양분이가 불쑥 끼어들었다. 그런데 나를 쳐다보는 눈빛이 왠지 모르게 건방졌다. 그것도 모르느냐는 뉘앙스가 깔려 있었다. 저것이 이불 개라고 할 때부터 마구 시켜 먹는 버전이더니.

그런데 할머니는 "아이구, 우리 양분이 똘똘허다."라며 대견해하는 게 아닌가. 나는 기가 막혀서 자포자기해 버렸다.

이 동네에는 모두 삼십여 가구가 사는데 젊은 부부가 자식들 데리고 부모님 모시고 사는 한 집을 제외하고는 모조리 노인들뿐이다. 밥해 먹기 힘들었을 것이다. 그중에는 독거노인도 있어 일주일에 한 번씩 사회복지사가 들른다. 취사를 공동으로 해결하는 방안을 낸 것도 사회복지사였다.

식비는 사회단체와 독지가가 나누어 지원하고 도시에서 자원봉사자들이 와서 일주일씩 교대한다. 오늘 오전에 봉사자 한 팀이 일을 끝내고 갔고 밤에 새 팀이 들어와 내일 아침부터 일주일을 책임진단다. 원래는 봉사 팀이 들고 나는 타이밍이 딱딱 맞는데 가끔 이럴 때가 있다고 한다. 그렇게 '빈 날짜'가 생기면 할머니와 삼촌, 동네 사람이 나서는 것 같았다.

"우리 손지, 얼른 밥 묵어라. 열한 시 반부텀 점심 차려야 허니께."

그러면서 할머니는 씻지도 않은 손으로 생선 가시를 발라 내 밥그릇 위에 얹어 놓았다. 우웩! 하지만 못 먹겠다고 할 배짱은 없어 억지로 먹었다.

점심 준비는 이미 다 되어 있어서 국을 데우고 반찬과 밥을 퍼서 테이블 위로 나르기만 하면 되었다. 할머니 할아버지 들은 뷔페처럼 각자의 양에 따라 퍼 먹도록 되어 있었다. 나는 기운도 남아돌고 해서 대형 양푼을 열심히 날랐다. 까짓것 쉬워 보였다. 여름 방학 때 야탑 우체국에서 했던 봉사도 쉽지는 않았다. 몇 시간을 선 채로 우편물을 나누었다. 나는 자신감이 붙었다. 그때는 완성되어 있던 밥과 반찬이 어떤 과정을 거쳐 거기에 있게 된 건지 몰랐기 때문이다. 오로지 내 신경을 거스르는 것은 양분이였다. 할머니가 그 바보한테 왜 일을 시키는지 도저히 이해가 안 갔다.

"콩조림은 짐치 바로 옆에 놓거라. 한가운데다 나야지. 아니, 아니, 가운데 놓으라니까. 정가운데 말이라. 아이구, 착허다, 우리 양분이."

착하기는 개뿔이! 진짜 못 봐 줄 일이었다. 그 콩조림 그릇은 내가 운반해도 충분했다. 밥이 가득 든 양푼과는 달리 손가락 두 개로도 들 수 있는 무게다. 그 바보는 그걸 제대로 못 놓는 성가시기만 한 존재였다. 차라리 없는 게 낫다. 그런데 할머니는 같은 소리를 계속하면서 줄기차게 시켰다.

"간격을 잘 맞차라. 줄을 잘 맞차야지. 그러만 보기도 좋고 입맛도 댕길 거라. 우리 할아부지 할무니 들이 입맛 댕겨서 밥 많이 묵으면 양분이도 좋쟈?"

그런 소리를 계속 듣자니 오장육부가 뒤틀렸다. 머리가 어떻게 될 것 같았다. 이상한 건 윤리한테 뺨따귀를 얻어맞았을 때와 유사한 기분이라는 것이다. 형언하기 어려운 거부감, 때려 주고픈 기분, 몇 초 후에는 미쳐서 날뛸 것 같은 느낌. 할머니는 왜 바보한테 일을 시키려고 하나. 바보는 바보답고 바보스럽게 가만히 앉아 있는 게 차라리 나은데.

우리는 도와주고 그들은 도움을 받고.

그것이 안성맞춤일 것이다. 바보한테 일 시키는 것은 불법 아닐까. 불법이었으면 좋겠다.

그러는 사이 할아버지 할머니 들이 한 사람 두 사람 식당으로 들어왔다. 삼촌이 나타나 그분들에게 자리를 안내해 주었다. 웨이터 같았다.

"양분아, 오빠하고 같이 이것을 물미 어른께 갖다 디리고 오나라."

할머니가 양분이한테 말한 오빠가 나라는 것을 알기까지는 시간이 좀 걸렸다. 알았을 때는 반발심이 솟아 가만히 있을 수 없었다. 그렇지만 도대체 뭐라고 따진단 말인가. 입이 댓 발 튀어나온 나는 할머니가 건네는 채반을 받아 들었다.

"혼자 갈래요. 집만 가르쳐 주세요."

"양분이를 딜고 가, 혼자는 못 해여."

그러더니 할머니는 다짜고짜 나를 식당 밖으로 밀어냈다. 할 수 없이 밖으로 나서자 할머니가 뒤에서 소리쳤다.

"식사 잘 허시는지 지키봤다가 다 드시면 그릇 가지고 와야 헌다."

뒤돌아봤더니 할머니는 뒤뚱뒤뚱 식당 안으로 들어가고 있었다. 등이 살짝 구부러졌는데 허리를 억지로 펴서 가슴을 내밀며 걷는 모습이 오리 같았다. 오리는 오리인데 고개를 빳빳이 치켜들고 있어서 좀 건방져 보이는 오리였다.

길에서 나는 가까이 따라붙는 양분이가 미워서 험한 소리를 여러 차례 했다. 하지만 "안 꺼져?" 하면서 아무리 눈을 부리려도 요 맹추는 끝까지 옆에 와서 나란히 걸었다.

물미 어른의 집은 식당에서 멀지 않았다. 혼자 와도 될 뻔했다. 양분이 뚱땡이가 할아버지 앞에다 허름한 상을 펴 놓자 나는 채반을 그 위에 올려놓았다. 그랬더니 요 바보가 다짜고짜 다가와 내 손등을 찰싹 때리는 게 아닌가.

"그렇게 하면 안 돼. 다시 해."

나는 너무 열이 받고 기가 막혀 우와, 하면서 할아버지를 쳐다보았다. 저걸 한 대 쳐요, 말아요? 그러나 귀도 멀고 눈도 먼 것 같은 노인은 정물처럼 앉아 있었고 밥상에 놓인 것이 밥인지 떡인지도 모르는 눈치였다. 그만큼 늙어 버린 할아버지였다. 방 안에서는 퀴퀴한 냄새가 났다.

"다시 해."

양분이가 손가락으로 밥상을 가리켰다. 뭘 다시 하라는 거야? 화가 났지만 바보하고 상대해 봐야 나만 바보 될 것 같아 그냥 시키는 대로 했다. 나는 채반을 들었다가 다시, 공손히 내려놓았다. 그 공손함이 바보를 향한 것이 아니라 할아버지를 향한 것이므로 억울해할 필요는 없었다. 그러고는 양분이를 향해 "됐지?"라며 인상을 썼다. 바보가 이번에도 고개를 가로저었다.

"다시!"

"헉!"

속 안에서 온갖 욕이 다 중얼거려졌다. 차마 여기에 적을 수는 없는 것들이다. 내 블로그에도 올리기 힘든 완전 쌍욕이었다. 하지만 아무에게도 들리지는 않게 했다는 거, 그것이 중요하다. 아마 귀신도 내가 하는 욕을 듣지는 못했을 것이다.

"이게 어따 대고 그냥 콱!"

나는 할 수 없이 한 대 치는 시늉을 했다. 그랬더니 이 바보가 "때리는 건 나빠!" 하는 게 아닌가. 녹음기에 녹음이라도 된 것처럼 또박또박한 목소리로. 얼마나 기계적인지 양분이 말에는 사투리조차 섞여 있지 않았다. 결국 격분한 나는 그 방을 뛰쳐나오고 말았다. 순식간에 대문으로 나갔으나 딱히 갈 데가 있는 것이 아니었다. 골목길을 왔다 갔다 하다가 엄마한테 문자를 보냈다.

「엄마 무사해요?」

엄마한테서 바로 답이 와서 깜짝 놀랐다. 평소에는 평균 한 시간이 지나야 대답하는 엄마인데.

「그럼, 무사하지. 거긴 어때?」
「아빠는요? 아빠가 뭐래요?」

「아빠는 나한테 맡겨. 걱정하지 말고.」
「화 안 내세요?」
「화가 났으면 화를 내고 너한테도 전화를 하지 않았겠어? 전화 왔니?」
「아니요.」
「그럼 괜찮은 거네, 안 그래?」
「그러네요.」
「할머니는 편안하셔?」

 쳇, 무슨 답변이 이래. 내가 알고 싶은 것은 아빠의 구체적이고 생생한 반응인데 그걸 왜 모두 생략해 버리는 거야. '거긴 어때?' 엄마가 반복해 묻기에 나는 '완전 19세기에다 엉터리들만 사는 곳'이라고 했다. 엄마가 '네 세상이네' 했을 때에는 더 이상 대답할 필요를 못 느꼈다.
 휴대폰을 주머니에 넣고 골목길을 돌아다녔다. 아빠를 떠올리면 불길하고 아빠를 떠올리지 않으면 외로웠다. 내가 떠돌이 개 같다는 생각은 내가 보기에도 생뚱맞은 데가 있다. 멀쩡한 집과 따뜻한 내 방을 두고 이게 웬 날고생인지. 빨리 어른이 되어야지. 어른이 되어 내가 원하는 방식으로 이 세상을 살아가야지. 어떤 집 모퉁이를 도는데 갑자기 꾸리한 냄새가 나서 살펴봤더니 거적 같은 포장 사이로 소들이 보였다. 축사였다. 나는 신선한 냄새를 찾아 동네 앞에 놓인 다리를 건너갔다. 그때 가까운 얼음판에서 초딩 아이가 노는 게 보였다. 딱 보니까 눈빛이 정상이어서 몹시 반가웠다.

"그게 뭐야?"

아이는 자기가 타고 있는 것을 스케이트라고 했다. 뻥치시네! 하지만 못이 박힌 지팡이 송곳을 짚고 나아가는 폼이 스케이트가 아닌 것도 아니었다.

"형아가 한번 타 볼까?"

나는 약간 삥 뜯는 기분이 되어 주변을 둘러보았다. 다행히 아무도 눈에 띄지 않았다. 아이는 천진하게 고개를 끄덕이며 지팡이 송곳을 건네주었다. 귀여운 녀석! 하지만 쉬울 것 같아 얕보았던 게 실수였다. 멀리 나아가려고 지팡이 송곳을 쌩하니 휘둘렀다가 엉덩방아를 찧었다. 아이가 와하하하 웃었다.

그 스케이트장은 평소에는 쌀농사 짓는 논이란다. 조금 먼 곳에 비닐하우스 대여섯 동이 있어 뭐냐고 물었더니 우리 삼촌의 딸기밭이라고 해서 깜짝 놀랐다. 여름에는 자기 엄마도 거기서 일을 한단다.

딸기 하우스 출입문은 허술하게 닫혀 있었다. 열쇠가 아니라 끈으로 동여맸기 때문이다. 첫 번째 하우스 안으로 들어갔더니 비교적 훈훈했다. 하지만 밭고랑이 너무 깊고 좁아 옆으로 움직이면 모를까 똑바로 걷는 것은 거의 불가능했다. 중심을 잡기가 힘들어 나는 2미터도 가지 못하고 되돌아 나왔다.

내가 물미 할아버지 집으로 돌아간 것은 그것 말고는 방법이 없었기 때문이다. 그릇을 챙겨 오라던 할머니 말씀도 생각났다. 엄연히 나는 봉사 활동 중이었다. 초딩 아이가 친한 척 나를 따라왔다. 슬그머니 방문을 열어 봤더니 할아버지 앞에 놓인 밥상은 처음 그대로가 아닌가. 밥뚜껑도 열지 않은 채였고 물미 할아버지는 게슴츠레한 눈으로 어딘지 알 수 없는 곳을 쳐다보고 있었다. 양분이는 놀랍게도 울고 있었다. 내내 그러고 있었던 모양이다.

"야, 뭐야, 너 왜 그래?"

나는 당황하여 방으로 뛰어 들어갔다. 초딩 아이가 이유를 가르쳐 주었다.

"누나는 연습한 것 말고는 할 줄 몰라."

초딩 아이는 방으로 들어와 채반에서 밥그릇과 반찬 그릇을 일일이 할아버지네 밥상으로 옮겨 놓았다. 그것이 양분이가 알고 있는 밥 먹기 전의 절차인 모양이다. 내가 미처 알지 못했던 것은 그것이다. 하지만 굳이 그래야 할 필요가 있나? 그게 뭐가 중요하다고. 아니, 그리고 그걸 알았다면

지가 하면 되지, 왜 울기만 하고 가만히 있는 거야. 하긴 그러니까 바보지. 그런데 왜 할아버지는 가만히 있었나. 혹시 양분이와 같은 과?

아, 씨이!

나는 불만이 일어났으나 할아버지에게 밥을 떠먹이는 초딩을 보고는 가만히 있었다. 녀석은 틈틈이 할아버지 입도 닦아 주었다.

나는 초딩한테서 숟가락을 빼앗았다. 양분이는 그제야 울음을 그치더니 "나빠!" 하며 나를 가리켰다. 그런데 그 눈빛이 완전히 나쁜 사람을 쳐다보는 것도 아니고 무서운 사람을 바라볼 때의 그것도 아니었다. 양분이 저보다 못한 사람을 가르칠 때의 눈빛이라고 하기에도 뭔가 부족했다. 맙소사! 그러고 보니 그것은 오늘 양분이한테 처음 나타난 표정 즉, 불쾌감이었다.

양분이한테 감정은 두 종류인 것 같다. 좋음과 싫음. 오늘 양분이는 주로 기분이 좋았다. 심지어는 나 때문에 화장실 문에 머리를 박았을 때도 그랬다. 그래서 안 아프다고 했던 것이다. 하여간!

10
그 사람(其人)이 돼라

 티브이에서 〈남극의 눈물〉을 보았다. 헌신적인 아빠 펭귄을 보자 다시금 왜 내가 저짝섬에 온 것인지 후회가 되었다. 늦은 밤이었다.
 삭삭삭삭…….
 그것은 삼촌이 칼을 갈면서 내는 소리였다. 숫돌이라는 것을 방 안으로 가지고 들어와 티브이를 보면서 칼을 갈았다. 15도 가량 기울여 놓은 숫돌에서 우윳빛 때가 흘러내렸는데 그것이 칼에서 나온 때인지 숫돌이 갈리면서 나온 것인지 알 수가 없었다. 부엌칼 두 자루와 과도 두 자루였다. 삼촌은 흠흠 기침 소리를 냈다.
 나는 할머니가 준 곶감을 먹으면서 혹시나 싶어 부엌칼을 살펴봤으나 우리 집에 있던 것과 큰 차이를 못 느꼈다. 그것들은 그냥 부엌칼이었다. 아니, 차이가 있기는 있다. 솔직히 우리 집에서 사용하는 것보다는 거칠고 못나 보였다.
 우리 집 부엌칼은 외제품이다. 칼등에 쌍둥이 표시가 그려져 있는 유명한 칼. 우리 집 칼이 쌍둥이 칼이고 쌍둥이 칼이 유명하다는 것을 가르쳐 준 것은 우리 엄마가 아니라 내 친구 석재였다. 1학년 때 우리 집에 와서 라면에 넣을 파를 썰다가 석재가 소리쳤다. 와, 쌍둥이 칼이다! 장래 요리사가 꿈이었던 석재가 제일 먼저 갖고 싶은 것은 멋진 쌍둥이 칼! 그럼 우리 칼이 두 자루니까 하나 가져. 석재는 고개를 가로저었다. 내 연장은 내가 돈 벌어서 내 힘으로 살 거야. 그렇게 석재를 홀린 쌍둥이 칼은 매끈하고 디자인도 괜찮았으며 무엇보다 가벼웠다. 뭐랄까. 칼 같지 않은 칼이랄까. 위험해 보이지 않는다는 뜻이다. 부엌칼이 매 순간 시퍼런 살기를 드러낸다면 요리하는 여자들은 질려서 그것을 멀리 집어 던질지도 모른다. 그러면 세상의 모든 아이들은 나처럼 인스턴트를 먹게 되지 않을까. 쌍둥이 칼은 마치 자신이 칼이라는 것을 숨기고 있는 것 같다. 난 그냥 일등 상품이야, 라고 말하는 것 같다. 그러면서 들기는 잘 들었다.

그런데 삼촌이 숫돌에 갈고 있는 물건은 칼날과 배의 색깔이 조금 다르고 배에는 무늬가 나 있었다. 그냥 칼의 살결이라고 하면 그만이겠으나 무서운 느낌이 든다는 점에서 사람의 살결과는 다르다. 내 눈에 그것은 칼자국처럼 보였다.

칼 배에 난 칼자국.

말이 안 되는 모순 어법이지만 나로서는 달리 표현할 길이 없다. 삼촌의 칼에는 제 몸을 스스로 그어서 낸 상처 자국이 있다. 그것이 우리나라 칼인 것 같다.

"너무 무섭게 생겼어요."

칼 가는 삼촌을 향해 그렇게 말해 보았다. 심각했다기보다 그냥 그런 말이라도 하는 게 나을 것 같았다. 형광등에 마른 천으로 닦은 칼날을 비추어 보면서 잘 되었는지 검사하던 삼촌은 "칼이니까." 했다. 싱거운 반응이다.

"저도 한번 해 볼까요?"

나는 손을 옷에다 슥슥 닦으면서 숫돌을 잡으려고 했다. 삼촌이 곧장 넘겨줄 줄 알았다. 나는 귀한 아이니까. 내가 갈더라도 칼은 우윳빛 때를 흘릴 것이다.

"안 된다, 오늘은 그냥 보기만 해라."

흡!

나는 숨쉬기를 탁 멈추었다. 거절을 당하다니 예상 밖이었다.

"칼을 가는 것은 그 칼의 주인에게만 허용된 것이다. 지금 이 칼의 주인은…… 어쩔 수 없이 나다. 하지만 나중에 네가 이것을 물려받고 싶다면 나는 기꺼이 너한테 물려주겠다. 그때 너는 네 마음대로 칼을 갈 수 있다."

저는 한번 만져 보고 싶을 뿐 갖고 싶지는 않거든요.

삼촌의 눈빛과 태도는 매우 경건하고 신중했다. 용의주도

함, 완벽주의, 장인 정신 같은 단어가 떠올랐다. 나는 칼에 관심을 끊고 아기 펭귄들한테 눈을 돌리면서 "너무 귀엽다." 라며 감탄사를 쏘아 댔다. 그 감탄사가 아기 펭귄들한테 도착하지는 않겠지만 나는 거의 의무적인 기분이 되어 열심히 감탄해 주었다. 그러느라 삼촌이 불쑥 하는 소리를 흘려 들을 뻔했다.

"이것이 그것이다."

이번에는 놀라지 않았다.

이것이 그것이다!

예상하고 있었던 것 같다. 부엌칼과 과도 두 자루씩을 합치면 장도 하나가 나올 것 같다. 말하자면 이 부엌칼들이 문제의 그 칼이라는 뜻이다.

나는 옆에 놓인 칼을 들고 배를 살폈다. 만져 봐도 된다는 허락은 겨우 받았다. '기인도'라는 글씨는 어디에도 적혀 있지 않다. 그뿐이 아니다. 너무 평범하고 귀티도 안 나고……. 초라하고 볼품없고.

눈을 씻고 봐도 왕족의 아우라 같은 것은 발견하기 어렵다. 그냥 시장에서 어느 평범한 할머니 손에 잡혀 순대나 썰면 딱일 것 같다. 이렇게 한심한 것이 그동안 나를 그토록 괴롭히고 상처 입혔단 말인가. 그런데 이 사나이는 그걸 뭐 하려고 이렇게 경건하고 소중하게 다루는가. 기억 때문에?

기억도 역사가 될 수 있나.

정조 대왕은 자신이 신하에게 하사한 그 칼이 이렇게 될 운명이라는 것을 결코 몰랐을 것이다. 그는 개혁적인 왕이었다. 당시 남인들이 주류를 이루던 영남권에서 선대 할아버지는 집안의 유일한 혈손임에도 불구하고 서자 출신이라는 이유로 지독한 왕따에 시달렸다. 할아버지는 효령 대군의 몇 대 후손이라는 위치에서 가계를 계속 이어 가야 할 사명을 타고났으나 서얼 차별은 그런 할아버지의 삶을 구석으로 몰아세웠다. 거기서 살길을 모색한 것이 중앙 권력에 속해 있던 노론과 손잡는 것이었다. 노론 사람들은 서자 출신에게 상대적으로 관대했다. 마침 행운이 따라서 선대 할아버지는 규장각 외각의 검서관으로 활약할 정도로 능력을 인정받았으며 왕으로부터 직접 칼을 하사받는 영광을 얻었다. 법을 주관하는 이가, 그 자체로 법인 사람이 주문한 것은 부디 '기인(其人)', 즉 '그 사람'이 되라는 것이었다. 그 사람이 되어 어지러운 정국의 법도를 바로 세우라고 일렀다. 내가 아버지로부터 가장 길게 들었던 설명(나는 잔소리라고 생각하지만)도 바로 기인에 관한 것이다. 중용(中庸)에 나오는 구절이라고 했다. '그 사람'은 법을 바르게 해석하여 실천하는 사람이다. 여기서 강조된 것은 법이 아니라 인간이라고 할 수 있다. 그런데 하필이면 왜 칼을 내렸느냐고? 그거야 사람을 내릴 수는 없었기 때문이 아닐까.

정조 대왕 당시에는 서얼 차별 철폐를 제도화하는 것이 불가능했던 모양이다. 반대파들이 너무 강했기 때문이다. 그런 상황에서 굳이 '그 사람', 즉 완성된 개인을 강조한 것은 선대 할아버지를 위로하고자 함이었을까 아니면 왕의 진심이었을까. 긴 이야기 끝에 아버지가 늘 나에게 던지는 질문이다. 대체로 나는 "알게 뭐예요."라는 말을 들리지 않게 옹알거리지만 가끔은 "참 좋은 말이네요."라는 식의 동문서답도 한다.

암튼 왕은 대대로 그 칼을 물려 후손들로 하여금 시대에 맞게, 상황에 맞게 법의 도리를 다하는 사람이 되게 하라고 명령했다. 선대 할아버지로서는 서얼이던 서러움을 이겨 내는 순간이었을 것이다. 서얼 차별은 조선 사회에만 존재하던 악질적인 신분 제도였다.

이후 갑오년에 차별이 법적으로 철폐되자 강한 번개가 칼끝을 관통하는 이변이 있었다. 하지만 칼은 더욱 단단해진 채 어둠 속에서도 빛을 발하는 명물이 되었다. 그런 대검이 할머니에 의해 초라한 부엌칼로 동강 난 것이다.

내가 생각해도 할머니는 정말 신중하지 못했던 것 같다. 어쩌면 내가 할머니를 무식하다고 생각한 것은 그 이야기를 들었을 때 얻은 편견 때문인지도 모른다. 할머니는 단지

한 집안의 가보를 망가뜨린 게 아니라 한 나라의 문화유산을 훼손한 것이다.

아버지는 화가 났다.

문제는 할머니가 그렇게 한 이유였다.

나는 그걸 알고 있다. 거기에 엄청난 비밀 같은 것은 없다. 실수도 아니다. 무지가 빚어낸 아주 김빠지는 사연이 있을 뿐이다.

두 형제, 즉 아버지와 삼촌 중에 아버지가 동생이다. 둘은 함께 고시 공부를 했으나 동생이 먼저 법관이 되었고 먼저 결혼을 해서 사내아이를 낳았다. 아버지는 자신이 그 칼을 상속받아야 한다고 주장하게 되었다. 이건 순전히 내 짐작인데 아버지는 삼촌이 결혼하기 전에 얼른 그 칼을 차지하기 위해 욕심을 부리지 않았을까. 아버지는 두 형제가 얼마나 지독하게, 어떤 방법으로 싸웠는지는 말하지 않았다. 나도 알고 싶지 않다.

하지만 꽤 심각했다는 증거가 있다.

아버지의 오른쪽 발등은 바깥을 향해 살짝 틀어져 있다. 반면에 발가락들은 안쪽을 향해 구부러져 있다. 절름거리는 정도는 아니지만 덕분에 걸음걸이가 완전하지 못하다. 사실 어떨 때 보면 좀 흉하다. 그것은 교통사고의 흔적이다. 두 형제는 달리는 승용차 안에서 멱살을 잡고 싸웠다. 만화의 한 장면이 생각난다. 티격태격. 먼지깨나 날렸을 것이다. 어쨌거나 형제가 그렇게 싸웠고 싸움이 끝날 것 같지 않으니까 할머니는 대장간에 찾아가 칼을 녹여서 공평하게 이등분해 버렸다. 싸우지 말고 사이좋게 나누어 가지라고.

"내 자석들이 죽기 살기로 싸우는 것보담 더 중요한 기 머가 있다고."

그것이 사고를 치고 난 뒤 할머니가 내세운 주장인 동시에 변명이었다. 또 이런 말을 했다는 소문도 들었다.

"치우치지 않고 공평하게 나눈 이등분, 이것이 중용이 아니면 무엇이여?"

그것이 우리 할머니가 지닌 무식함의 실상이다. 저울에 달았기 때문에 똑같이 나누어졌다는 것만을 강조한 것이다. 그 대목에서 누구든 "아깝다!"라고 한탄할 수밖에 없다. 그리고 아쉬워하고 안타까워하게 된다. 칼이 똑같이 나뉘면서 기인도라는 글씨는 물론 장도가 본래 지녔던 위엄, 권위 같은 것은 사라져 버렸다. 그거 가지고 〈진품명품〉에 나가면 대박 났을 텐데.

자투리 쇠붙이로는 폭이 좁은 과도를 만들었다.

그 사람(其人)이 돼라.

생각해 보면 멋진 말이다. 진정한 기인, 그 사람은 혼자 있을 때도 엉터리로 살지 않는 사람이다. 남들한테 보여 주려고, 비난받지 않으려고 도덕을 실천하는 게 아니라 자기 자신한테 당당해지기 위해 노력하는 사람. '너'에 해당하는 사람들이 다 엉터리로 살더라도 '나'만은 의연히 바른길로 나아가는 사람.

 그런데 그런 사람이 있을 수 있나.

 암튼 할머니가 엉터리인 건 확실하고 아빠와 삼촌도 싸웠으니까 엉터리다.

 거기에다 아버지는 할머니가 새로 만든 부엌칼을 받지 않았다. 무지하게 화를 냈고 할머니를 용서하지 않았다. 그래서 우리 집에서는 오늘도 유명한 쌍둥이 외제 칼을 쓴다. 엄마는 그나마도 칼을 잘 쓰지 않고 사 먹기를 좋아하는 나이롱 주부다.

 아버지가 칼 이야기를 나에게 들려준 이유도 그 칼의 소중함을 말하기 위해서는 아니었다. 잃어버린 것, 사라진 칼을 되찾을 방법으로 아들인 나 역시 법대를 가야 한다는 당위성을 이해시키기 위해서였다. 기인도는 사라졌지만 기인도가 있었다는 것을 증명하는 방법은 그것뿐이다.

 여기까지 내 이야기를 듣고 난 사람들은 아마 이럴 것이다. 그렇다면 아버지의 그 소원을 들어주라고. 아들이 되어 그것도 못 하느냐고. 아버지의 비틀린 발등을 생각해 보라고. 맞다. 나도 그러고 싶다. 하지만 꼭 알아 두어야 할 것이 있다.

나는 절대 노력을 안 한 게 아니다.

시험 기간에는 새벽 네 시경에 집을 나가 탄천을 건너가 본 적도 있다. 나는 동윤이 방 창문을 내려다보았다. 놈이 자는지 안 자는지 알고 싶었기 때문이다. 볼 때마다 놈의 방에는 불이 꺼져 있었다. 나는 집으로 돌아와 삼십 분쯤 더 공부했다. 친구들 앞에서 언제나 노는 것처럼 이야기하지만 사실은 아니다.

여름 방학 같은 때 부모님이 해외여행 같이 가자고 하면 절대 안 갔다. 겉으로는 "누가 이 나이에 엄마 아빠 따라다녀요." 했지만 사실은 학원에 안 빠지기 위해서였다. 엄마는 그때마다 "정말 생각 없다."며 몰아붙였다.

그렇다면 왜 기숙 학원에 가지 않았느냐고?

솔직히 1등급짜리들이 많은 학원에 나는 가지 않는다. 이건 정말 쪽팔리는 비밀인데, 나는 선생님들 말을 하나도 알아들을 수 없다. 그들은 소수의 1등급짜리들을 위해 빠른 톤으로 강의하고 그것을 알아듣지 못하는 나 같은 아이를 걸리적거리는 방해물로 인식한다.

학교 선생들은 더하다. 1등급 아이들 서울대 보내기 위해 애쓰는 곳이 요즘의 학교라고 나는 생각한다. 몇 명 안 되는 1등급을 위해 그렇게 고군분투 애쓰면서도 그들은 하나같이 지치고 피로에 절어 있다. 어떤 경우에는 강한 피해 의식마저 드러낸다. 무엇이 그들을 지치게 했을까. 교육부? 학생들? 아니면 교장? 그것도 아니면 저 위의 하느님? 혹시 그들은 스스로에게 지쳐 있는 게 아닐까. 그들이 믿고 있는 어떤 가치, 엉뚱한 신념들 때문에……

동윤이 정도라면 나는 미친 척 기숙 학원에 가는 것을 검토해 볼 수는 있다. 최소한 수업 내용은 알아들을 테니까.

나에게 기숙 학원은 그저 감옥이다. 그것이 말 못 할 나의 고통인 것이다.

공부 속에서 나는 행복하지 못하다. 미래의 행복을 위해 현재의 행복을 포기하는 것까지 나는 할 수 있지만 현재의 행복을 포기해도 미래의 행복이 보이지 않는다는 것이 내가 처한 모순된 상황이다. 내가 확실히 알고 있는 건 수업 내용도 못 알아들으면서 기숙 학원에 가서 앉아 있는 건 아니라는 것이다. 그런 나에게 아버지가 하는 충고는 정말이지 얼마나 생뚱스러우며 빗나가 버렸는가.

"옛날에는 인간 사회의 혼란을 칼로써 다스렸다. 하지만 요즘에는 칼이 아니라 법을 이용한다. 법관이 된다는 것은 혼란을 다스릴 칼을 가진다는 뜻이다."

아버지의 그와 같은 선언은 나에게 들려주어야 할 것이 아니라 아버지 자신에게 보내야 할 메시지가 아닐까.

한마디로 아버지는 할머니한테 토라졌다. 할머니도 너무 했지만 아버지도 잘못은 있다. 아버지는 잃어버린 기인도 때문에 언제나 마음이 불편해서 괜히 나를 쫀다. 내가 배신하여 사라지고 난 지금 아버지 마음은 얼마나 더 불편할까.

할머니는 지금 옆방에서 주무시고 있다. 곶감과 옥수수, 찐 고구마 같은 간식거리를 잔뜩 갖다 주고서.

코 고는 소리로 보아 할머니는 편안하신가 보다.

그러므로 이 모든 것은 진짜 남에게 말 못 할 우리 집안의 비밀이다. 너무 유치하고 조잡한 이야기라서 블로그에 올리지도 못한다. 내가 편하게 할 수 있는 이야기는 효령 대군 25세손이라는 것 정도. 아이들은 그것을 우스갯소리로 듣는다. 다행이다.

삭삭삭삭…….

삼촌은 여전히 칼을 갈고 있다. 티브이 앞에서 티브이를 보면서.

아버지 마음은 알겠고……. 삼촌은 도대체 저 부엌칼을 갈면서 무슨 생각을 하는 것일까. 무엇을 할 수 있다고 생각하는 걸까. 게다가 조카한테는 갈아 보지도 못하게 하고.

"모습을 바꾸었을 뿐 기인도는 이 안에 있다. 이것이 기인도야."

헐! 할머니는 나의 아버지와 어머니가 내 안에 있다고 하더니 삼촌은 부엌칼 속에 사라진 기인도가 있다고 주장한다. 여기서도 형제의 의견 차이를 짐작할 수 있다. 대검이 부엌칼로 변해 기인도가 사라졌으니 법관이 되는 것만이 칼을 되찾는 길이라고 주장하는 아버지와 부엌칼이 곧 기인도라고 말하는 삼촌. 누구 말이 옳은 것일까. 어디에다 귀를 기울여야 하나.

어디에도 귀를 기울일 필요는 없다. 그것은 형제의 일일 뿐이다. 나는 어디까지나 나다. 밤 열두 시가 넘었다. 나는 이제 자러 갈 것이다.

11
내가 너에게 맞추거나 네가 나에게 맞추거나

다음 날 아침 나는 일곱 시에 일어났다. 고3이 되는 해 1월에 내가 그렇게 한 이유는 공부를 하기 위해서가 아니라 밥을 짓기 위해서다.

그렇다고 일곱 시까지 숙면을 취했느냐 하면 그것도 아니다.

"아가 우떻게 이리도 이뿌다냐."
"글쎄 말이에요."
"참말로 이상하지."
"뭐가요?"
"상진이 숨소리가 천상 너그 아부지 숨소리라. 쌕, 쌕. 들어 봐라."
"……."
"나는 돌아가신 너그 아부지가 여그 와 있는 것만 겉다."

꿈인가 생신가 가물가물하던 정신이 명료해졌다. 나는 잠이 깨고 말았다. 그런 소리를 듣고도 잠이 확 깨지 않는다면 그건 진짜 둔한 것이다.

어제와 비슷한 시간대 같았다. 분명히 나 혼자 이 방에서 잠들었는데 어느새 안으로 들어와 내 앞에 쪼그리고 앉은 할머니와 삼촌. 전깃줄에 나란히 앉아 있는 늙은 어머니와 늙은 아들 비둘기! 너무 어둑해서 아무것도 보이지 않을 텐데 이쁘기는 뭐가 이쁘고 내 숨소리의 어디가 할아버지를 닮았다는 것일까. 오랫동안 내가 내 힘으로 쉬어 온 내 숨까지 조상과 연관시키다니, 해도 너무했다.

두 사람은 그렇게 한참 동안 잠든 내 앞에 앉아 있었다. 재래식 화장실에서 똥 누는 폼으로 뒤꿈치를 살짝 들고서 말이다. 이제 하루 일과를 이렇게 시작하려나 보다. 빨리 집으로 가야 할 이유가 하나 더 생겼다.

생각해 보면 궁금증도 생긴다. 할머니는 처음 보는 손자라고 해서 애지중지 어쩔 줄 모르지는 않았다. 그냥 멀리서 자꾸자꾸 쳐다보기는 하지만 가까이 다가와 귀찮게 하지는 않는다. 그런데 이렇게 쭈그리고 앉아 하는 말을 들어 보면 많이 생각해 주기는 하는 것 같다.

그런 생각을 하다가 겨우 다시 잠들었는데 이번에는 삼촌이 나를 깨웠다. 아침 식사 준비하는 걸 거들어 주라고 했다. 날씨가 너무 춥게 느껴져 나는 세수도 안 하고 동네에서 공동으로 사용하는 부엌으로 갔다. 부엌은 둘로 나누어져 있었다. 불을 사용하는 곳과 앉아서 식재료를 씻는 곳. 우리 할머니는 보이지 않았다.

"이리 와서 이 주걱 좀 저어 줄래?"

새로 온 봉사자 한 명이 나한테 일을 시켰다. 주근깨가 잔뜩 나 있는 얼굴이지만 피부가 하얗고 동안이어서 어젯밤 할머니가 깨끗하게 씻어 놓은 생쌀 같았다. 말투에서는 오래된 교양이 느껴졌다. 오래된 교양은 몸에 밴 교양을 말한다. 역시 봉사하는 사람이라 달랐다. 자기 인격을 어느 정도 완성한 사람들이 그 훌륭함을 남을 위해 사용하는 게 봉사 아닐까.

"네."

나는 하품을 하면서 언 손을 비벼 대다가 재빨리 달려가 커다란 주걱을 잡았다.

"어머, 너무 착하게 생겼다. 서울에서 봉사하러 왔다며? 몇 학년이야?"

고3 된다고 했더니 칭찬이 두 배로 늘었다. 뻔한 소린데도 나는 더 힘껏 주걱을 저었다. 처음에는 쉬워 보였는데 하다 보니 어려웠다. 따뜻하던 불기운은 오 분도 되지 않아 뜨거운 화마로 돌변했다. 팔을 걷었더니 손목에 불이라도 붙을 것 같았다.

"조심해. 잠깐만 한눈팔아도 금세 눌어붙으니까."

멀리서 생쌀 아줌마가 감자를 씻다가 나를 돌아보았다. 나는 더 열나게 주걱을 저었다. 46인분 죽이었다. 양이 장난 아니었다. 이내 땀이 났다. 보기보다 힘들고 싫증이 나서 미칠 것 같았다.

"아줌마, 언제까지 저어야 해요?"

내 마음은 그렇게 식사를 한 끼도 만들기 전에 드러났다. 봉사 점수만 아니라면 이런 일은 절대 안 할 거다.

"나, 아줌마 아니야. 그렇게 부르지 마."

"죄송합니다."

농담인지 진담인지 분간이 안 가서 나도 약간 장난처럼 사과했다. 분명히 사십 대는 된 것 같은데……. 진짜 토라졌는지 생쌀 아줌마가 수돗가에서 돌아앉았다. 뒷모습도 사십 대로 보이는데……. 기분이 이상해졌다. 아줌마와 아줌마 아닌 사람의 기준은 나이인가 결혼 여부인가. 누군지도 모르는 사람을 부를 때 결혼 여부를 일일이 물어봐야 하는 걸까. 나는 돌파구를 찾기 위해 아줌마들 눈을 피해 휴대폰에서 단어장을 뒤졌다. 아주머니는 'aunt'로 백모, 숙모, 고모, 이모라고 나와 있다. 그중 어떤 호칭도 맘에 들지 않는다. 차라리 그냥 입 다물고 가만히 있는 게 나을 것 같다.

다른 아줌마는 할머니가 만들어 놓은 반찬을 가지고 뷔페를 차리는 중이었다. 나중에 알게 되었지만 그분이 이번 주 주방장이었다. 생쌀 아줌마하고 비슷한 나이 같다.

두 사람은 서로가 서로를 띄우고 칭찬하기 바빴다. 오랜만에 도시를 벗어났는데 이렇게 좋은 파트너랑 일주일간 함께 지내려고 그렇게 마음이 설레었나 보다, 뭐 그런 식의 이야기였다. 동네도 칭찬했다. 너무너무 아름다운 마을이죠? 공기가 얼마나 맑은지 몰라요.

"수고들 많소."

잠시 후에 할머니가 예의 그 거만해 보이는 오리 자세로 나타났고 해끔해진 양분이가 뒤따라 들어왔다. 세수한 티를 내려고 얼마나 애를 썼는지 얼굴 둘레의 머리카락은 온통 젖어 있었으며 얼었다가 다시 녹느라 김이 무럭무럭 났다. 양분이가 팔 걷어붙이는 것을 나는 조마조마하게 쳐다보았다. 설마, 했는데 이번에도 설마가 사람을 잡았다.

"콩조림은 짐치 바로 옆에 놓거라. 한가운데다 나야지. 국하고 짐치 사이에. 아이, 아이, 다른 것을 건디리만 안 되지, 다른 것은 건디리지 말고 그 사이 가운데다 콩조림을 나라. 짐치 옆에 콩조림, 그게가 콩조림이 있어야 할 자리라."

할머니는 뒷짐을 지고 열심히 설명만 했다. 차라리 할머니가 콩조림이 든 그릇을 갖다 놓으면 될 걸 입 아프게 뭐하러 바보를 끌어들여 생고생인지 나는 도무지 이해가 되지 않았다. 어제 배웠던 것도 어렵다며 쩔쩔매는 양분이는 또 얼마나 웃기는지.

양분이가 콩조림을 놓는 데 성공한 것은 십 분쯤 지나서였다. 완전히 기네스 감이다. 그러고 나서 각 테이블을 닦기 시작했다. 주걱을 젓는 것에 비하면 행복한 일인 것 같아 나는 양분이를 불렀다.

"바꾸자."

그런데 옆에서 할머니가 오리걸음으로 다가와 안 된다고 했다. 주걱으로 젓기만 하면 되는데, 힘도 나보다 더 좋아 보이는구만.

결국 좋다 말았다.

나는 행주질하는 양분이의 뒤통수를 쏘아보았다. 그냥 슥

훔치면 될 것을 양분이는 아예 의자에 앉아 테이블 위를 오래오래 닦았다. 하나를 닦고 눈치를 본 다음 할머니가 고개를 끄덕이면 다른 테이블로 갔다. 가자마자 입으로 테이블을 호, 하면서 행주로 밀었다. 어제 닦은 깨끗한 테이블인데 때라도 있는 척 속임수를 쓰는 거다. 교활하기는!

 양분이가 테이블을 다 닦았을 때 주방장 아줌마가 채반을 건네주었다. 물미 할아버지에게 배달할 식사였다. 나는 양분이가 따라올까 봐 잽싸게 혼자 날랐는데 다녀왔더니 또 그게 화근이 되어 있었다. 양분이 얼굴에 얼룩덜룩 눈물 자국이 보였다. 할머니가 일침을 가했다.

 "다음에는 꼭 같이 가거라."

 "저 혼자도 할 수 있어요."

 "양분이하고 손발을 맞추는 것이 네가 해야 헐 일이다."

 저 바보하고 내가 왜 손발을 맞추어야 할까. 나는 나대로, 바보는 바보대로 살면 안 되나. 걸리적거리기만 하지 양분이 저가 따라다니는 게 무슨 도움이 된단 말인가. 분통이 터졌지만 할머니 때문에 참고 가만히 있었다.

 아침 식사를 하면서 어른들끼리 하는 말을 듣고 아줌마들에 관해 더 알게 되었다. 도시에서 운영하는 자원봉사 단체 회원이지만 다들 직장에 다니는 중이었다. 일 년 치 휴가를 모아 두었다가 이렇게 한꺼번에 써먹는다는 말에 왠지 모를 감동이 밀려왔다. 두 사람 모두 결혼은 안 했고 이제나 저제나 사랑하는 사람이 나타나 주기를 기다리고 있었다. 그들은 서로 모르는 사이였다.

점심 식사를 준비하면서 알게 된 것은 그곳 식당에서 사용하는 부엌칼이 바로 할머니가 기인도를 녹여서 만든 그것들이라는 것이다. 과도 두 자루도 있었다. 말하자면 그것을 사용하는 것은 봉사자들 마음이지만 칼이 안 들 때는 삼촌이 그 칼을 갈았다.

마침내 내가 그것들을 사용해야 할 순간이 왔다.

생쌀 아줌마가 감자를 깎으라고 시켰다. 그런데 주방장 아줌마는 안 된다며 말렸다.

"감자 껍질을 뭐하러 벗겨요. 그것도 다 자연이고 몸에 좋은 건데."

당황한 내가 과도를 들고 가만히 있는 동안 의견이 조정되었다. 생쌀 아줌마의 말이 대충 통과되었다. 감자를 깎기로 한 것이다. 나는 간밤에 삼촌이 갈았던 과도로 감자를 깎았다. 감자를 1/3쯤 깎았을 때 문자가 왔다. 동윤이였다.

「Hey 25세손! 지금 상주 내려가고 있는 중이다. 한 시간 있으면 도착한다. 마중 나와라.」

요런 뺀질이 양치기 소년 같으니라고. 누가 속을 줄 알고. 하지만 그 거짓말조차 왠지 모르게 정답고 반가웠다. 갑자기 정신이 나더니 알 수 없는 생기가 솟구쳤다. 나는 재빨리 답 문자를 날렸다.

「여기는 지금 엉터리 테러리스트에 의해 완전히 포위당했다. 그러니 네 갈 길을 가되 이곳을 돌아서 가라.」

돌아서 가라는 말이 괜히 멋있어서 나도 모르게 히죽 웃었나 보다.
"여자 친군가 보네. 네가 우리보다 낫다."
그렇게 농담한 것은 주방장 아줌마였다.
나는 동윤이가 '내가 가서 너를 구해 주마'라고 반응해 올 줄 알았다. 내가 무슨 마법에 빠진 공주는 아니지만 그래야 아귀가 맞았다. 그러면 나는 '마을 하나를 날려 버릴 폭탄과 독가스가 있다면 와도 좋다'라고 할 것이고 동윤이는 '폭탄은 없지만 독가스는 있다. 하아, 기다려라 내가 간다'고 하면 될 일이다. 하지만 요 뺀질이 버터남은 내가 설정한 세계로 따라 들어오기는커녕 완전히 김을 빼 놓는 게 아닌가.

「나 농담 아니야. 거기 가서 3일만 있을 거야. 너희 엄마

허락도 받았다.」

그렇다면 할 수 없다. 내가 맞추는 수밖에. 내키지는 않지만 이럴 때는 내가 놈이 설정한 가출 버전 안으로 들어가는 게 최선이다. 우리에게 관계란 이런 것이다. 네가 나에게 맞추거나 내가 너에게 맞추거나. 그것이 맞아떨어지면 서로 친구라고 부를 수 있다. 뭐 어떤가. 이렇든 저렇든 재미로 하는, 설정된 놀이일 뿐인데.

「흥! 누구 맘대로!」

우리 엄마 허락을 받았다는 것은 아주 괘씸했다.
내가 그렇게 딴짓을 좀 했더니 아줌마들의 표정이 점점 사나워졌다. "인상이 너무 좋으세요."라든가 "몸매를 잘 관리해 오신 것 같아요." 같은, 서로를 칭찬하고 띄우는 것을 더 이상 하지 않았다. 잠시 후에 아줌마들은 이런 대화를 주고받았다.
"물을 더 부어야 할 것 같은데요."
"이만하면 충분한 것 같은데요."
두 사람은 나란히 대형 전기밥솥을 들여다보고 있었다. 물의 양을 의논 중인가 보았다. 좀 당황스러운 장면이었다.

그것도 모르고 밥하러 오다니.

하긴 집에서 하는 1인분 밥과 46인분의 밥이 같을 수는 없다.

1인분×46, 즉 마흔여섯 배의 물을 부으면 되는 게 아닐까요?

그렇게 말해 볼까 하다가 가만히 있었다. 그 모든 사태는 할머니가 식당에서 완벽하게 몸을 뺐기 때문에 일어난 것 같다. 밥물 정도는 좀 봐 줘도 힘들지 않을 텐데.

나는 밖으로 나가 할머니를 찾아다녔다.

할머니는 할머니 집 마당에서 예의 그 똥 눌 때의 쭈그린 폼으로 앉아 닭들과 대화를 나누고 있었다. 대화라고는 하지만 자세히 들어 보면 일방적인 동물 학대에 가깝다.

"하, 고놈 새끼들 잘도 처먹는다. 맛나냐? 맛나면 얼른 처먹고 가서 겨란이나 쑥쑥 싸질러라. 우리 귀한 손지 삶아 주구로."

'우리 귀한 손지'가 누구인지 알고 있는 나는 얼굴이 다 화끈거렸다. 나를 발견한 할머니가 으매 내 새끼! 하면서 몸을 일으켰다.

"아줌마들이 밥물을 얼마나 부어야 할지 모른대요."

말해 놓고 보니 그런 걸 부탁받은 적은 없는데 싶다. 나는 식당 밖으로 나오고 싶었나 보다. 내일까지만 봉사하고 집에 가야지.

"가만히 둬도 알어서 다 잘헐 것이다."

할머니가 말했다.

"요즘 젊은 것들은 똘똘혀서 밥을 허다가도 모루겠으만 바로 인또넷으로 달려가두만. 그러니 신경 써들 말어."

또 이런 말도 했다.

"나도 칠십 넘은 늙은네야. 앉어서 밥 얻어먹어도 되여."

맞는 말씀이다. 괜히 오지랖 넓게 찾아 나선 내가 잘못이지. 할머니는 나에게도 적당히 일하라고 했다. 밥은 쌀로 만든 것이면 충분하고 반찬에는 소금하고 간장만 들어가면 만사 땡이라는 말은 진짜 웃겼다.

"너그 아부지는 안죽도 밥투쟁허냐?"

신기한 것은 그런 19세기 버전의 말을 내가 금세 알아들었다는 것이다. 나는 그냥 웃기만 했다. 아버지가 밥투정하는지 안 하는지 알 수가 없는 게 같이 밥을 먹어 본 지가 언제인지 까마득했기 때문이다. 진짜로!

"전화 왔어. 전화 왔어."

등 뒤에서 양분이가 나타나더니 다짜고짜 내 휴대폰을 내밀었다. 남의 휴대폰을 맘대로 만지다니. 나는 불쾌하다는 듯이 확 빼앗아 옷에 대고 닦았다. 액정을 보니 버터남이었다. 아, 귀찮은 놈! 나는 휴대폰을 느긋하게 귀에 댔다.

"여보세요?"

"야, 25세손! 나 진짜 상주야. 아직 도착은 안 했는데 차가 막 시내로 들어왔어. 너 어디야? 어디로 가야 되냐?"

목소리를 들어 보니 그럴듯했다. 긴박감이 느껴졌다. 하지만 녀석이 상주에 왔다는 것을 어떻게 믿으란 말인가.

"너 도서관에서 공부하다가 쉬러 나온 김에 나 놀리는 거지?"

"진짜 상주라니까."

"진짜야?"

"그렇다니까! 몇 번을 말해."

놈이 짜증을 냈다. 나도 울컥해 버렸다.

"그래서? 그래서 날더러 어쩌라고?"

"마중을 나와야지. 아니면 가는 방법을 가르쳐 주든가."

"너 미쳤냐? 몰라, 나도."

나는 당황하여 횡설수설했다. 정말 말도 안 되는 일이었다. 게다가 오는 방법? 그걸 설명하려면 삼촌을 바꿔야 하는데 삼촌은 지금 외출 중이었다. 예의 그 시골 자가용을 끌고 장 보러 나갔다. 시장은 며칠에 한 번 꼴로 함창과 작전을 번갈아 다녔다. 오늘은 함창에 갔다.

나는 맘대로 하라고 하고 전화를 끊었는데 끊고 나서 생각해 보니 아닌 게 아니라 심각했다. 이번에는 내가 동윤이한테 전화를 걸었다.

"너, 정말이야?"

"아 또라이 새끼, 몇 번을 말해야 믿을 거야."

나는 다시 횡설수설했고 결국 할머니를 쳐다보았다. 내가 상황을 말하면서 여기가 어디인지 설명해 달라고 했을 때는 손을 내저으면서 "너그 큰아배한테 대 조라." 했다. 큰아배는 삼촌을 말한다. 결국 나는 삼촌에게 전화를 걸어 동윤이와 연결시켜 주었다. 그런데 삼촌은 이미 함창을 출발해 절반가량 온 것 같았다.

식당으로 돌아갔으나 일이 손에 잡히지 않아 아줌마한테 야단을 맞았다. 먼저 감자부터 깎으라는 지적을 받았다. 점심의 주메뉴는 김칫국과 감자를 넣은 고등어조림인데 나 때문에 식사 준비가 늦어지고 있다는 것이었다.

12
시골 자가용의 반전

"힘들지?"

"네."

내가 망설임 없이 그렇다고 하자 주방장 아줌마가 힐끗 쳐다보았다. 놀라는 것 같다. 괜히 물어봤구나 후회한다는 뜻으로 입술을 살짝 비틀었다.

어른들은 참 이상하다. '힘들지?'라고 물어 놓고 '예'라고 대답하면 의외라는 표정을 짓는다. 봉사하는 사람들이라고 해서 다르지는 않다. 어른들이 생각할 때 그건 정답이 아니다. 어른들은 '아니요'라는 답을 정해 놓고 떠보듯이 질문한다. 일종의 강요다.

어른들의 메시지는 정확히 이렇다.

누가 힘드냐고 물으면 힘들어도 괜찮습니다, 라고 대답하는 거야. 알겠니?

이를테면 내가 힘든지 아닌지는 전혀 궁금한 사항이 아니다. 그들은 아이들이 힘들지 않은 척을 얼마나 잘하는지를 주의 깊게 살펴보고 있을 뿐이다.

하지만 나는 눈치 보지 않겠다.

지금까지 대걸레로 바닥을 닦느라 죽는 줄 알았다. 시골의 골목길은 포장이 안 된 흙길이고 그 길을 밟으며 식사하러 온 할아버지 할머니 들의 발자국으로 식당 안은 순식간에 흙투성이가 되었다. 추위가 한풀 꺾여서 더 그랬다. 식당만이 아니다. 화장실이며 현관 등 마을 회관의 1층 전체가 흙 벌이 되었다. 대걸레를 몇 번이나 빨았는지 모른다. 궁여

지책으로 마을 회관 입구에 가마니를 깔아 놓았지만 완전히 해결될 것 같지는 않다.

그런데 바닥을 닦아 내고 좀 쉴 만하다 싶었더니 또 감자 껍질을 까라는 게 아닌가.

감자 껍질 벗겨 내는 일은 정말 지겹다. 오늘 하루 종일 감자만 만졌다. 점심 메뉴로 감자 넣은 고등어조림을 했으면 저녁 메뉴로는 감자 안 들어가는 뭔가를 만들어야 하는 게 아닐까. 그런데 또다시 감자 들어가는 반찬을 만든다고 하는 것을 보면 나를 일부러 골탕 먹이려고 작정한 게 분명하다. 게다가 감자는 하나같이 왜 이렇게 작고 차가운지. 손에 잘 들어오지도 않을 만큼 작은 것을 쥐고 깎으려니까 시리던 손이 이제는 마비된 느낌이다. 그렇다고 장갑을 낄 수도 없고.

다행히 감자 깎는 칼과 과도를 번갈아 사용했더니 속도가 조금 빨라졌다. 감자 칼로 대충 슥슥 감자 껍질을 밀고는 과도를 이용해 잔손질로 마무리하는 식이었다. 그러다가 가끔 나는 히죽히죽 웃었다. 경운기 타고 오는 동윤이를 상상하면 갑자기 살맛이 났다. 녀석은 상주에서 작전행 버스를 놓쳐 함창행을 탔는데 삼촌이 마중하기로 한 장소는 함창이었다. 상주 같은 대도시가 아니라 작은 도시 함창이지만 거기도 도시는 도시다. 그 잘생긴 뺀질이, 우리 학교에서 제일 예쁜 함미란의 남자 친구에다 가끔 전교에서 1등도 하는 절대성적 그 녀석이 시골 자가용을 타고 시외버스 터미널이 있는 도심을 빠져나와야 하다니. 생각이 거기에 이르니 나의 즐거움은 그야말로 최상에 도달한다. 간이 살살 녹는 것 같다. 내가 당한 건 어쩔 수 없는 것이고 이미 지나가 버린 과거지만 동윤이는 바로 지금 이 순간 그 고통을 당하고 있을 것이다. 동지섣달 추운 날씨에 뚜껑 없는 자가용 타고 오느라 이마에 구멍 뚫리는 기분일 거다. 얏호!

그러는 한편 또 이런 생각이 들면 곧바로 기분이 가라앉는다. 혹시 놈은 나에게 복수할 기회를 노리고 있는 건 아닐까. 그게 아니라면 왜 여기까지 나를 따라오나? 복수…….말이 안 되는 것 같지만 충분히 말이 된다. 내 얼굴에 주먹을 내리치던 윤리한테 따지다가 자기도 맞았다. 공교롭게도 나는 괜찮았는데 동윤이의 이빨은 나갔다. 나는 녀석이 오른쪽 손바닥에다 피 묻은 이빨을 뱉어 내던 순간을 지금도 생생히 기억하고 있다. 그러니 우리 둘 다 열심히 윤리를 미워하면 될 일이다. 그런데 알고 보니 윤리의 한쪽 귀는 멀쩡하지 않았다. 군대에서 상관한테 맞아 고막이 터졌단다. 그래서 "뭐 개자식이라고?"라며 뒤퉁스럽게 반응했던 것이다. 동윤이 역시 누구를 미워해야 할지 갈피를 잡지 못할 때가 있지 않을까. 나라면 그럴 것 같다. 어둠은 어둠을 낳고

문제는 문제를 만든다. 우리는 모두 어떤 연결 고리 속에 갇혀 있는 것 같다. 나는 선생이 된다면 어두운 과거를 갖지 않은 깨끗한, 백지 같은 선생이 되고 싶다……. 가능할까.

"물을 더 덜어 내야 할 것 같은데요."

"된 것 같아요. 점심밥도 물이 딱 맞았잖아요."

아줌마들이 밥물 가지고 또 그러는 것 같았다. 여기 작전에서는 모든 것이 반복되는 것 같다. 바보 양분이를 죽자 하고 가르치는 할머니와 혼자 논에서 스케이트 타는 아이, 그리고 언제나 밥물이 헷갈리는 아줌마들.

"점심밥이 좀 질었던 것 같지 않나요?"

"할머니 할아버지 들은 소화가 안 되시잖아요. 그러니 밥은 질어야 해요."

"그래도 그 정도로 진 것은 먹기에 거북하지요. 그리고 할머니 할아버지라고 해서 반드시 진밥만을 좋아한다는 보장은 없잖아요. 돌아가신 저희 외할머니는 진밥을 정말 질색하셨어요. 노인이라고 해서 진밥만 좋아한다는 것은 완전한 착각이에요. 물을 조금만 더 덜어 내면 안 될까요?"

"저는 그럴 필요가 없다고 봐요. 물은 적당해요."

대화는 거기까지 진행되더니 잠시 소강상태로 접어드는 듯 보였다.

하지만 잠시 후 개수대로 가서 설거지를 하려고 팔을 걷어붙이던 생쌀 아줌마가 나를 불렀다. 아무리 생각해도 안 되겠다 싶었던 모양이다. 생쌀 아줌마는 진밥을 싫어하는 사람으로 물을 조금 더 덜어 내야 한다고 주장한 쪽이다.

"점심밥이 너무 질었던 것 같지 않니?"

생쌀 아줌마 목소리는 이미 반쯤 마비된 상태였다. 우리 엄마가 며칠 아빠와 말을 하지 않을 때의 목소리가 딱 저랬다. 그럴 때면 중간에서 나만 죽어난다. 엄마한테 양말이 떨어졌다고 말해라. 아빠한테 난 모른다고 말씀 드려. 서로에게 상대방 목소리가 다 들리는데 왜 괜히 나를 가지고 들볶으면서 쇼를 하는지 나는 정말이지 이해가 안 갔다. 그런데 그 악몽이 여기서도 반복되려는가.

"기억이 안 나는데요."

큭큭큭. 명답이다. 그건 어느 정도 사실에 해당된다. 나는 아무 생각 없이 점심밥을 먹었다. 밥이 더웠는지 차가웠는지, 질었는지 아니었는지 전혀 기억에 남아 있지 않다. 어차피 여기서의 생활은 뭐랄까, 일종의 극기 훈련 비슷하다. 다 포기하고 다 체념한 채 무조건 견디는 것만 가능한. 그러니 어디 밥맛 따위를 생각할 계제인가.

"넌 그게 무슨 말이니? 세 시간 전도 아니고 네 시간 전도 아니고 겨우 두 시간 전의 일인데."

"아, 그, 그게."

내가 막 저는 기억력 수준이 금붕어하고 비슷하거든요, 라고 말할 참인데 저만치로 양분이가 까불까불 토끼춤을 추며 나타났다. 내가 잘 닦아 놓은 식당 바닥에 보기 좋게 흙칠을 해 대면서. 순간 참고 있던 나의 분통이 드디어 폭발하고 말았다.

"야!"

우와! 내가 질러 놓고도 내가 놀랐다. 천둥 벼락이 따로 없다. 나는 곧장 양분이한테 날아가 가슴팍을 확 떠밀었다. 그러고는 양분이의 발자국을 가리키고 눈이 있으면 이걸 보라면서 방방 뛰었다.

"빨리 안 닦아! 안 닦아!"

내가 그러면 양분이가 울거나 대걸레를 가져와 닦을 줄 알았다. 그런데 이 바보는 두 눈 멀쩡한 내 앞에서 바로 잡아떼는 게 아닌가.

"난 안 그랬어. 내가 안 그랬어."

헐!

너무 기가 막혀서 나는 아줌마들을 쳐다보았다. 놀랍게도 두 아줌마는 여전히 밥물을 가지고 실랑이하는 중이다.

"밥은 제 담당이잖아요. 그러니 제가 알아서 할게요."

"하지만 주방장은 저예요. 나한테는 밥물에 간섭할 권리가 있다고요."

밥물이 그렇게 중요한가 생각했더니 아닌 게 아니라 중요할 것 같았다. 밥의 수분이 어느 정도냐에 따라 우리는 숟가락을 들기도 하고 놓기도 하니 말이다. 혼자 먹는 밥이라면 아무 문제가 없다. 자기한테 맞추면 그만이니까. 여러 사람이 함께 먹는 음식은 다를 수밖에 없다. 그 상황에서 나더러 밥물을 맞추라고 하면 좀 난감할 것 같다.

세상에는 모순이 많잖아요.

어디선가 들었던 말이다. 윤리한테 뺨따귀를 얻어맞은 뒤로는 절대 잊을 수 없는 말이 되었다. 선생님 말을 끊어 먹은 나의 작은 실수가 다른 더 큰 사고로 이어졌다. 잘못한 사람과 잘못하지 않은 사람이 뒤죽박죽 엉켜 버린 게 가장 큰 모순이다.

나는 대걸레를 가지고 와 발자국을 닦고 양분이한테 일렀다.

"한 번만 더 흙투성이로 만들어 봐. 가만 안 있는다."

"난 안 그랬어."

더러워지는 것을 방지하기 위해 양분이 신발 바닥을 대걸레에 닦게 할 필요가 있어 시도했다가 거의 까무러칠 뻔했다. 차라리 송아지를 데려다가 발바닥을 닦아 주는 게 나을 것 같다. 아니면 닭이나 오리도 양분이보다는 고분고분할 것이다.

"싫어!"

양분이는 대걸레 위에 올라가려고 하지 않았다. 거기 올라가면 큰일 난다는 태도였다. 내가 아주 나쁜 짓을 시킨다고 여기는 것 같다. 그렇게 실랑이하는 사이 바닥에는 또 다른 얼룩이 생기고 말았다.

나는 다시 감자 그릇 앞으로 갔다.

시키지도 않았는데 양분이가 다가와 옆에 앉았다. 감자 칼을 사용하는 것을 보고 알았는데 양분이와 나는 손가락 사용법이 달랐다. 나는 감자와 감자 칼을 사용하기 좋도록 손가락을 따로따로 움직이는 반면에 양분이는 한쪽 손 전체를 동시에 움직이는 것만 가능했다. 감자 하나를 손바닥에 올려놓고 거기다 칼을 밀다 보니까 가끔 감자 칼이 손목까지 긁었다. 감자 칼이기에 망정이지 다른 칼이었더라면 분명히 큰 사고가 났을 것이다.

마무리가 깔끔하지 않은 것도 문제다. 양분이가 여기 긁적, 저기 긁적 해 놓은 감자를 가지고 뒷손질하는 것이 더 복잡하고 어려웠다. 양분이를 가르쳐 쓸모 있는 사람으로 만든다는 것은 아무래도 무리한 이상주의 같다. 그냥 우리가 빨리빨리, 후딱후딱 양분이 몫까지 해치우는 게 훨씬 나을 것 같다.

깎을 감자가 딱 하나 남았을 때였다.

탈탈탈탈……. 삼촌 경운기의 투박한 엔진 소리가 정겨웠다. 나는 감자 칼을 팽개치고 거의 빛의 속도로 뛰어나갔다.

"동윤아!"

하지만 나는 걸음을 딱 멈추었다. 눈앞에 믿을 수 없는 광경이 펼쳐지고 있었다. 동윤이 그 뺀질이가 삼촌의 시골 자가용을 끌고 위풍도 당당하게 회관 마당으로 들어서고 있는 게 아닌가. 나에게는 그저 수치스러움의 상징일 뿐인 시골 자가용의 운전대가 놈에 의해 완벽히 접수된 건 말할 것도 없고 거기서 더 나아가 마지막 착지 자세를 취하는 체조 선수처럼 브레이크를 힘껏 당기며 주차를 끝내더니 만세 삼창까지 불러 댔다. 삼촌은 거기에 답하기라도 하듯 운전대 옆에서 풀쩍 뛰어내리더니 이렇게 벙싯거렸다.

"아, 정말 성격도 좋고 똘똘하고…… 상진이가 친구 하나는 정말 잘 두었네."

13
오빠는 사람도 아니야!

동윤이에게 주어진 첫 번째 과제는 저녁 식사가 차려진

채반을 물미 할아버지에게 배달하고 오는 일이었다. 양분이와 함께.

그사이에 나는 할아버지 할머니 들께 자리도 안내해 드리고 물도 떠다 드렸으나 마음속은 엉망진창이었다.

할아버지 할머니 들의 흙 발자국!

나는 다 기억하고 있다. 어떤 할아버지 발자국이 어떤 얼룩을 남겼는지, 얼룩 위에 덧보태진 얼룩은 또 어떤 느낌을 남기는지.

한마디로 대걸레를 이용해 닦고 또 닦다가 그 발자국 얼룩들은 고스란히 내 마음속에 찍혀 버렸다. 걷잡을 수 없고 감당이 안 됐다. 이런 걸 아마 구조적인 모순이라고 할 수 있으려나. 마을 길이 흙으로 되어 있고 그 길이 얼었다가 녹는 일이 발생하는 한 누군가 대걸레 백 개를 들더라도 이 문제를 다 해결하기는 어렵다. 포기하는 것만이 방법이나 왜 내게는 그것이 잘 안 되는 건지.

"밥이 안 멕해."

입맛이 없다는 할아버지 할머니가 몇 분 계셨다. 그런 분들은 식사 시간도 길었다. 그래도 주방장 아줌마가 나서 "한 숟갈만 더 뜨세요."라고 해 주면 좋아하는 것 같았다.

할아버지 할머니 들이 식사를 마치고 돌아가자 나는 다시 대걸레를 들었다. 정말 진력나는 일이었다. 이럴 바에는 좀 춥더라도 차라리 길이 꽁꽁 얼어붙는 게 나았다. 흙이 묻어나지는 않을 테니까. 아니면 골목길이고 마당이고 논이고 밭이고 산이고 들이고 간에 몽땅 시멘트로 포장해 버려야 할까. 집집마다 식사를 배달해 버리는 것도 대안이 될 수 있겠고.

마지막으로 봉사자들의 식탁이 차려졌을 때 때맞춰 동윤이와 양분이가 돌아왔다. 그런데 분위기가 나하고 배달 갔을 때와는 완전히 달랐다.

"오빠는 친절하고 좋아."

양분이가 테이블 의자에 앉으면서 말했다. 기분이 좋은지 연신 히죽거렸고 눈에는 하트가 그려져 있다. 좋다는 오빠는 당연히 동윤이를 의미한다. 동윤이는 머리 좋은 모범생답게 이곳에 온 지 한 시간도 안 되어 완전히 적응해 버렸다.

저녁을 차리면서 할머니가 양분이한테 콩조림 그릇 놓는 법을 가르치는 것을 물끄러미 구경하던 동윤이가 양분이한테 다가가 친절하게 방법을 설명할 때였다. 그 바보가 다른 때보다 빨리 말귀를 알아듣는 이변이 발생했다. 할머니는 감탄하며 동윤이를 칭찬했다.

"암만, 같이 살어야지. 몰라도 갈치고 몰라도 자꾸 갈쳐서 같이 살어가야 허는 것이제. 양분이 겉은 아하고 먹는 것만

나나 가질라고 하만 못쓴다. 먼저 일을 나나 가져야지. 쓸모 있는 사람이 되도록 도와줘야지. 별거 아이라. 너그들 허는 일을 쪼매만 띠 주면 되여. 그 마음을 내는 것이 봉사라. 암만, 그렇고말고!"

이런 경우를 두고 입에 침이 마르게 칭찬한다고 하는 것인가. 할머니 표정이 그랬고 동윤이의 태도가 그랬다.

"콩 그릇 놓는 법은 양분이와 할 수 있는 가장 적당한 약속인 것 같아요."

동윤이가 한술 더 뜨자 할머니는 완전 입이 벌어졌다. "아따, 그눔 참말로 똘똘허다." 어쩌고 하면서. 옆에 있던 나만 괜히 머쓱해졌다. 그동안 양분이를 좀 구박했던가.

하지만 양분이 같은 아이에게 일을 가르쳐야 한다는 것에는 완전히 동의하기 어렵다. 콩 그릇 놓는 법을 통해 양분이와의 약속을 이끌어 낼 수는 있다고 치자. 솔직히 그건 시간 낭비 아닐까. 양분이 같은 아이가 콩조림 그릇 놓는 법을 안다는 게 이 세상에서 도대체 무슨 의미를 지닌단 말인가. 할머니 말은 이론적으로만 옳은 것이라고 나는 비밀스러운 결론을 내렸다. 다만 할머니를 빼앗긴 것 같은 기분만은 어쩔 수 없었다. 그다지 좋아한 할머니도 아니었는데 왜 이런 마음이 생기는 건지 알다가도 모를 일이다. 나는 동윤이를 은근슬쩍 째려보았다. 아, 이런 촌구석에 와서도 놈에게 밀리는구나. 그때 할머니가 더 큰 대포를 쏘았다.

"니는 참말로 용하다."

동윤이더러 하는 말이지만 나를 향한 것이나 마찬가지였다. '니는 용하다'는 말이 내 귀에는 '상진이는 안 그런데'라는 말로 들렸다.

"난 오빠가 좋아."

그렇게 기가 살아난 동윤이를 이번에는 양분이가 나서서 칭찬하고 있는 셈인가.

"너는 좋겠다."

나는 질투심을 어쩌지 못해 동윤이에게 마구 비웃음을 날렸다. 그런데 내가 그렇게 방심한 사이 양분이 바보가 나를 지목하면서 이렇게 덧붙이는 게 아닌가.

"저 오빠는 나빠. 친절하지 않아."

내가 "나?" 하면서 나를 수줍게 가리켰더니 다시 한 번 "나빠!" 하고 손가락질했다. 눈에서는 레이저가 흘렀고 '나빠'라는 발음은 얼마나 센지 어금니에 생긴 새까만 충치까지 훤히 드러나고 말았다.

아우, 열받아!

생각해 보면 바보니까, 하면서 넘어가도 될 일인데 왜 그렇게 화가 났는지 모르겠다. 나는 무고라도 당한 기분이었다. 아니면 잘못을 폭로당하고 있는 비리 공무원 같은 기분이랄까. 삼촌은 옆에서 허허 웃기만 했다.

"너, 죽는다!"

"저 봐, 아주 나빠! 저 오빠는 사람도 아니야!"

헉! 입을 열면 열수록 상황은 점점 더 불리해졌다. 양분이의 손가락질은 정확히 내 두 눈을 겨냥하고 있었다. 동윤이까지 양분이와 한패가 되어 버린 것 같은 느낌을 받았을 때의 기분은 이루 다 말할 수가 없다.

"네가 얘한테 얼마나 못되게 굴었는지 안 봐도 알겠다."

"그런 거 아니거든."

다행인 건 아줌마들이 침묵하고 있다는 것이었다. 두어 시간 전에 흙 발자국 때문에 양분이 가슴팍 치는 걸 아줌마들도 봤는데……. 한 대만 쳤지만……. 나는 안도의 한숨을 내쉬었다. 거기서 뭐라고 사소하게 편이라도 들었다면 나는 다 때려치우고 집으로 돌아갔을지 모른다. 나는 이쪽저쪽 눈치를 보면서 겨우 밥숟가락을 떴다.

오빠는 사람도 아니야!

바보가 한 말이므로 그건 정확한 평가도 아니고 객관적인 사실도 아닌데 기분이 왜 이럴까. 밥을 씹는데 돌을 씹는 것 같다.

"물이 없어요."

컵을 가지고 주전자로 다가갔던 양분이가 헐거운 발음으

로 소리쳤다. 삼촌이 주전자에 물을 담아 가스 불 위에 얹고 보리차를 넣었다. 사실은 봉사자들이 해야 할 일인데 뭔가 손발이 안 맞나 보다. 나는 양분이를 향해 눈을 흘겼다. 하여간 정수기에서 뜨거운 물, 차가운 물 다 나오는데 바보가 꼭 보리차 끓인 물을 먹으려고 한다. 보리차가 먹고 싶으면 자기 집에 가서 직접 끓여 먹든지. 그때까지 아줌마들이 별말이 없는 것을 보고 나는 확실히 알아차렸다. 기분이 좋지 않구나. 밥물 때문에.

"서울은 무사하냐?"

설거지와 청소를 후다닥 끝내고 나서 드디어 동윤이랑 방으로 들어가 벌렁 드러누웠다. 할머니가 딸기 아이스크림 만들어 먹을래 물었으나 딸기가 들어간 아이스크림이 싫어서 배부르다는 핑계를 대며 사양했다.

"며칠이나 되었다고."

"한 이백 년은 지난 것 같다."

"자식, 과장은."

"너도 하루만 지나 봐라. 백 년은 흘러간 것 같을 거다."

그러고 나서 눈이 마주치자 우리는 와하하 웃어 댔다. 나는 감격한 나머지 누운 채로 놈에게 헤드록을 걸었다. 비교당할 때는 그렇게 싫더니 지금은 이렇게 둘만 있는 게 또 얼마나 좋은지. 나는 간이고 쓸개고 다 빼 주고 싶은 기분이었다. 아니, 뽀뽀라도 할 수 있을 것 같다. 지금 작전에서 숨 쉬고 사는 사람 중에 녀석만이 유일하게 엉터리가 아니다.

그런데 불행인지 다행인지 나의 고양된 기분을 알아 버린 요 버터남이 우리를 다시 처음의 위치로 복구시키는 불상사가 발생했다.

"돈은 좀 모았어?"

"왜?"

"나 액정 아직 못 고쳤다. 돈이 없어서."

헐! 너무 뜬금없는 말이라 곧장 경계 태세로 들어가기는 힘들었다. 마음이 그렇게 되지 않았다. 하지만 우리끼리의 청소년 법으로 보면 전자사전의 망가진 액정에서 내가 완전히 발을 빼기는 어려웠다.

"너 그거 받으러 여기까지 따라온 거야. 쫌생이 자식!"

나는 나의 두 발로 녀석의 하체를 마음껏 구타했다. 특히 엉덩이를 찰 때는 맘껏 질렀다. 할머니와 장가도 안 간 삼촌이 단둘이 사는 집에 와서 용돈을 어떻게 모은단 말인가.

"동운이 오빠!"

양분이가 노크도 없이 불쑥 문을 열고 들어왔다. 발음이 헐거워서 동윤이를 동운이라 불렀다. 양분이네 집은 동네 입구 첫 번째 집이어서 밤에 다니기에는 조금 멀다. 이미 밤 아홉 시가 넘었다.

"야!"

놀란 나는 벌떡 몸을 일으키면서 소리부터 지르고 보았다. 안 놀랐더라도 마찬가지였을 거다. 이상하게 양분이만 보면 화가 나고 열이 받았다. 어떤 폭력적인 근성이 내 안에서 마구 끓어넘치는 것을 느낄 때면 기분이 이상해졌다.

"오빠 이거."

그래도 눈치가 아주 없는 건 아닌지 양분이가 흘금흘금 나를 살피면서 손에 들고 있던 가래떡을 잽싸게 동윤이한테 건넸다. 쉿! 하더니 몰래 먹으라고 했다. 그대로 다 들린다는 것을 정말 모르는 표정이다. 동윤이는 또 그걸 받아 한 입 힘차게 베어 물었다.

"고마워."

뿐만이 아니다. 동윤이는 양분이한테 받은 떡을 반으로 갈라 나한테 한 조각 내밀었다. 양분이 저거 툭하면 머리 긁고 침 닦은 손을 잘 씻지도 않던데. 문제는 내가 뭐라고 할 틈도 없이 양분이 바보 천치가 몸을 날리더니 내 손에 든 가래떡을 확 빼앗아 버렸다는 것이다. 거의 죽기 살기에 가까운, 필사적인 행동이었다. 먹는 거 가지고 치사하게. 그것도 면전에서······.

그 뒤 약 오 분가량 내가 얼마나 길길이 날뛰었는지는 말하고 싶지 않다. 누구든 그런 묘한 상황에 처하면 기분이 나빴을 거라고 나는 믿는다. 그걸 초딩 버전으로 한정 지어서는 안 된다. 방년 19세에 이른 소년들도 그따위 유치한 일에 말려들면 열이 받는다. 내가 이해할 수 없는 것은 동윤이였다. 양분이를 겨우 돌려보내고 나서 나는 물었다.

"너 아까 그 떡 왜 받았어?"

"주니까 받았지."

"뭐야?"

나는 거짓말 말라는 듯이 빽 소리를 질렀다. 동윤이는 진짜라고 했다. 내가 원했던 답은 '착한 척하려고 싫은데도 억지로 받았다'였다. 나는 동윤이가 착한 게 아니라 착한 척한다고 믿고 싶다. 그래야 나하고 같아지는 것이고 그래야 내 마음이 편할 것 같다. 친구라는 건, 좋아한다는 것은 하나의 사건에 대해 바라보는 눈빛이 같고 서로 같은 유니폼으로 갈아입고 같은 취향의 언어를 선호하는 사이가 아닐까. 나는 잘못했고 동윤이는 정당했다는 설정은 왠지 모르게 내 신경을 긁는다. 이빨이 빠진 것은 안됐지만 동윤이가 새로 박아 넣은 입안의 금속을 정의의 탑이라고 믿고 있다면 나는 도대체 뭐가 되는가. 정의롭지도 못하면서 친구를 다치게 한 나쁜 사람이 나란 말인가. 그런데 주니까 받았다고? 잘도 피해 가는구나.

"그럼 다시 묻겠다. 아까 그 가래떡은 왜 먹었어?"

"먹으라고 하니까 먹은 거지."
"하지만 사실은 먹고 싶지 않았잖아?"
"난 그런 생각 못 했는데."
"안 한 것도 아니고 못 했다고? 얼씨구!"
"글쎄, 누가 먹을 걸 건네주면 우선은 받아서 한 입 먹고 보는 게 사람 아닌가."

나는 더 이상 말을 잇지 못했다. 아우, 저 뺀질이를 당해 내겠다고 믿었던 내가 잘못이지. 졌다, 졌어! 그런데 순간 두려운 생각 하나가 내 머리를 치고 지나갔다.

내게 부족한 것은 순발력인가 아니면 진실함일까.

오빠는 사람도 아니야!

순간 양분이의 손가락질을 잊으려고 나는 한 바퀴 몸을 굴려 돌아누웠다. 동윤이는 전화 통화를 하기 위해 밖으로 나간 뒤였다. 신경이 예민해지기 시작했다. 모두 다 양분이의 바보스러움이 낳은 흉계이고 음모 같았다. 하지만 그러는 한편 콩 그릇 놓는 법을 가르치는 할머니를 떠올렸을 때에는 왠지 모르게 양분이 말이 모함이 아닌 것처럼 여겨졌다. 할머니의 눈빛이 그것을 증명하고 있는 것 같다.

내가 사람이 아니면 악마야?

나는 헛웃음을 날렸지만 마음은 축 처지듯이 가라앉았다. 난 나쁘다. 많이는 아니더라도 어쩌면 조금쯤은.

잠자리에 누웠는데도 외로움이 다 가시지 않아 엄마와 문자를 주고받았다.

「아빠는 뭐 해?」
「넌 아빠 생각만 하니? 난 안 궁금해?」
「아빠가 뭐 하는지 알면 엄마도 상상이 되니까 그렇지.^^」
「서재로 들어가 안 나온다. 너한테 전화는 안 했지?」
「몰라, 휴대폰을 꺼 둘 때가 많아서.」

그건 거짓말이었다. 진동으로 해 놓은 적은 있지만 전화기를 아예 꺼 둔 적은 없었다. 부재중 전화는 한 통도 없었다. 아빠는 무슨 생각을 하고 있을까. 그걸 알 수만 있다면……. 어쨌거나 아빠를 떠올리면 공부가 연상되고, 공부에 관해 생각하면 골치가 아프다. 특히 다른 애들은 지금 열나게 공부하고 있겠구나 하는 데 생각이 이르면 가슴이 답답해졌다. 엠피스리를 귀에 꽂고 이불 속에서 눈을 감았다. *그대 살아가는 게 힘들어도, 사랑이란 말 사랑이라는 말은 항상 잊지 마요. 기대고 싶을 때 내 곁에 있고 싶을 때, 내가 옆에 있어 주지 못해 그대 힘들었나요……*. 리쌍의 〈챔피언〉이다. 노래가 다 끝나기도 전에 나는 벌떡 몸을 일으켰다. 답답했다.

살금살금 컴퓨터 방으로 갔다. 컴퓨터 앞에 앉았지만 딱히 하고 싶은 일이 있었던 것은 아니다. 나는 검색창에다 공연히 글자를 쳤다.

인간도 아니다

그렇게 쳤다가 인간만 남기고 나머지를 지웠다. **인간의 범주**, **인간의 자격**, **인간의 조건** 같은 글자들이 따라붙었다. 정처 없었다. 그러다가 나도 모르게 '인간 합격선'이라는 단어를 생각해 냈다. 내 앞에서 인간이 되는 것에는 합격선 같은 게 있다고 말한 것은 민정이였다. 나는 검색창에다 글자를 기입했다.

인간 합격의 기준

글자를 다 치기도 전에 커서 밑으로 **인간 합격**이라는 붉은 글자가 떴다. 뭔가 있다는 소리였다. 반가운 마음에 **인간 합격**만 남기고 나머지는 지운 다음 엔터를 쳤다. 몇 개의 블로그가 떴다. **인간 합격**이라는 굵은 글씨도 보였다.

안으로 들어가 봤더니 별거는 아니었다. 〈인간 합격〉이라는 제목의 일본 영화가 있는 모양이다. 감상평, 줄거리 같은 것과 영화 장면이 몇 개 올라와 있었다. 특히 어른한테 끌려가지 않으려고 버티는 청년의 모습이 웃겼다. 땅에 들러붙은 거미를 떼려면 딱 그런 포즈가 나올 것 같다. 그건 서너 살짜리 무법자가 엄마와 싸울 때 하는 짓거리였는데 못 되어도 스무 살은 되었을 것 같은 청년이 그런 액션을 취하고 있었다. 인간 합격의 기준이 뭔지는 나와 있지 않았다.

"뭐야?"

언제 들어왔는지 동윤이 놈이 말을 걸기에 순식간에 창을 내려 버렸다. '인간 합격'이라는 단어가 노출되는 것을 나는 원하지 않았다. 동윤이가 내 마음을 엿보는 것은 더더욱 싫다. 인간 합격선은 동윤이와 나의 같음을 입증하는 것이 아니라 차이를 드러내는 것이기 때문이다. 동윤이와 멀리 벌어진다고 생각하면 왠지 어디가 아픈 것 같다. 나는 동윤이와 같은 눈금 위에 서 있고 싶다.

나는 미련 없이 컴퓨터를 껐다.

잠자리에 누워 생각했다.

그 영화에 인간 합격의 기준이 나와 있으려나.

나는 내가 인간 합격선에 들어가는 사람이라는 것을 확인하고 말겠다는 생각을 하면서 눈을 감았다.

14

양분이 뽀샵!

 아침에 가마솥만 한 죽 냄비를 열심히 젓고 있었다. 녹두를 넣은 죽이었는데 이상하리만치 냄새가 좋다고 생각할 때였다.
 "상진이 동윤이 따라 나오너라."
 삼촌이었다. 누구네 축사가 무너졌다며 목소리가 다급했다. 나는 주걱을 생쌀 아줌마한테 맡기고 삼촌을 따라갔다. 화장실 청소를 하던 동윤이도 따라나섰다.
 축사는 동네 한복판에 위치해 있던 그것이었다. 소 다섯 마리가 사는 곳이니까 작은 편이라고 볼 수는 없다. 할아버지들 서너 명이 나와 담배인지 입김인지 내뿜으며 수군거렸다.
 "쪼매만 더 힘을 썼으만 다 죽을 뿐했다."
 다행히 다치지는 않았지만 딱히 갈 데가 없는지라 소들은 무너진 축사 바깥으로 끌려나와 옹기종기 서 있었다. 좀 놀랐는지 눈이 뚱그레져 있다.

그런데 분위기가 이상했다. 천재지변이 아닌 것 같았다.
"고 영감탱이 밥도 주지 마라 부러."
"맞아, 사람이라면 무슨 낯우로 지 입에는 밥을 퍼 넣겠노."

얼굴이 거의 흙빛에 가까운 시골 할아버지들로 화를 내기는 하는데 진짜 화가 난 것인지 헷갈릴 정도로 표정이 온순했다. 내 눈에는 기운이 없어 화도 못 내는 것처럼 보였다. 삼촌은 내려앉은 천장에다 기둥을 세워 받친 다음 우리더러 잡고 있으라고 하고는 이음새 부분에다 못을 박았다. 젊은 사람이 따로 없어서 동네 머슴 일을 하는 것은 언제나 삼촌 같았다.

"고여히 젊은 사람만 힘들구로."

그래도 양심은 있는지 어떤 할아버지가 말했다. 젊다고 보기 어려운 삼촌이 젊은 사람으로 분류된 게 별로 좋아 보이지는 않았다.

처음에는 뭐가 뭔지 몰랐는데 삼십여 분쯤 지나자 상황이 파악되었다. 눈을 말똥말똥 빛내던 동윤이가 내 귀에 대고 이렇게 말했다.

"한미 FTA 때문인 것 같아."

나는 속으로 정답을 빨리도 찾는 놈! 하고 생각했다. 새벽 찬 바람이 목덜미를 훅 스치고 지나갔다.

그 집은 노부부만 사는 집인데 소 값이 너무 떨어져 매 끼니마다 사료를 먹이는 게 부담스러운 형편이 되었다. 화가 난 할아버지가 간밤에 망치를 이용해 소를 죽이려고 시도한 것이다. 소를 죽이기로 작정했으나 차마 소한테는 망치질을 못 하고 축사 담벼락만 들입다 두들겨 댄 것이다. 동네 할아버지들은 그런 행위를 나쁘다고 비난하고 있었다.

"소한테는 망치질을 하민서 와 지 집은 안 뿌시고 가만 놔두노."

"밍바우가 원래부터 인정머리가 없잖어."

"맞아, 젊어서도 울매나 지독했노."

대충 그런 이야기였다. 망치질한 할아버지는 그 자리에 없었으니 일종의 뒷담화인 셈이다. 나는 동네 사람들의 말이 조금 심하다고 생각했다. 소 값보다 사료 값이 비싸면 무슨 방법을 찾는 게 당연한 거 아닐까. 남의 일이니까 저렇게 말하는 거지. 물론 그것이 소를 죽이는 극단적인 거라는 데는 찬성이 안 되기는 했다. 하지만 할아버지가 소를 진짜 죽인 것도 아니지 않은가.

"그럼 너는 할아버지가 망치로 축사를 적당히 쳤다는 거야?"

동윤이가 춥다고 덜덜 떨면서 속삭였다. 나도 몸을 오그리며 같이 떨었다.

"그런 거지. 진짜 죽여야겠다고 생각했으면 세게, 마구마구 치지 않았을까?"

"하지만 축사가 실제로 무너졌잖아."

"진짜 소들을 죽이겠다고 작심했으면 불을 확 싸질렀겠지. 저기 봐, 전부 마른풀 더미잖아. 라이터 하나면 끝나는데 뭐하려고 힘들게 망치질을 하냐. 힘도 없는 노인네가."

동윤이도 나도 한미 FTA라든가 농촌의 소 값 문제에 관해 진지하게 따져 본 적은 없었다. 그 때문인지 이상하게 그 문제가 뭔가를 죽고 죽이는 자극적인 소재 이상으로 여겨지지 않았다. 그래서 누군가 불쌍하다기보다 삼촌의 이런저런 주문이 좀 귀찮게 여겨졌다.

그때 할머니가 나타나 내 목에다 목도리를 둘러 주었다. 동윤이 목에도 무언가를 걸쳐 주었다. 그러고는 삼촌을 나무라기 시작했다.

"니는 고거서 뭣 하는가?"

"축사를 고치고 있잖아요."

"집주인이 지 손으로 지 집을 뿌셌는데 니가 왜 힘을 쓰고 그라냐? 니는 힘이 남어도냐?"

"에이, 어머니도. 추운데 들어가 계세요."

"아, 니가 시방 우리 손지까지 꽁꽁 얼리고 있으니까 그라지."

"이제 다 끝나 가요."

할머니와 삼촌이 옥신각신하는 바람에 일이 빨라지게 되었다. 무너진 담벼락에 짚단을 포개 놓고 포장으로 두르는데 한 시간가량 걸렸다. 일을 다 끝내고 소를 축사 안으로 넣고 나니까 괜히 기분이 좋았다.

식당에서 아침 식사를 할 때에는 무너진 축사가 아니라 온통 소 값 이야기였다. 어디서 나왔는지 여기저기 소주병이 보였다.

녹두죽과 소주 한 잔.

좋지 않은 배합이었다. 한 시간 전과는 화제뿐 아니라 시각도 변한 것 같다. 방금까지만 해도 소를 죽이려고 했던 할아버지를 성토하던 노인들이 이번에는 나라를 탓하기 바빴다. 하지만 결론은 같았다.

"고만 요분 설에 다 잡아 뿌리지 머. 거기 훨씬 이득이라."

"수무 마리도 넘는 소를 다 잡아서 뭘 할끼라, 개 줄라고?"

"배고푸만 개도 믹이야지, 머."

그런 이야기를 듣다가 채반을 들고 물미 할아버지 집으로 갔다. 동윤이와 둘만 가려고 했더니 양분이가 졸졸 따라붙었다.

"너 뭐 보냐?"

동윤이 뺀질이가 휴대폰을 들여다보기에 나는 괜히 예민

해져서 슬쩍 들여다보았다.

사실 아침에 동윤이 휴대폰으로 아빠한테 전화를 걸어 보았다. 신호가 다섯 번 울렸을 때 놀라서 얼른 끊었다. 꼭 아빠가 받기를 바란 것은 아니었다. 그냥 궁금했다. 아빠가 지금의 내 행동을 어떻게 생각하는지. 내 휴대폰으로 하면 흔적이 남고 이 동네 어느 전화기든 054라는 지역 번호를 남길 거였다. 안 되겠다 싶어 동윤이 것으로 동윤이 몰래 해봤는데 또 그것이 신경 쓰여 자꾸 눈치를 보던 참이었다. 아빠가 부재중 전화로 알고 언제든 전화를 걸어올 수 있기 때문이다.

"어? 뭐야?"

순간 동윤이 휴대폰에서 나는 놀라운 것을 발견했다. 동윤이가 휴대폰을 들여다볼 때마다 나는 함미란이랑 문자질하는 줄 알았다. 도대체 저 선남선녀는 무슨 이야기를 열심히 주고받을까. 궁금증이 없지는 않았다. 그런데 휙 엿본 결과는 나를 소스라치게 만들었다. dead, dead air, dead-alive……. 혹시나 싶어 빼앗아 확인했더니 역시나였다.

"너 단어 외우냐?"

그랬다. 우리 아빠와도 상관없고 함미란과의 문자질도 아니었다. 놈은 영어 단어를 외고 있었다. 'dead'와 관련된 숙어 항목을 하나하나 확인 중인 것 같았다. 그럼 주걱을 젓고 나랑 노닥거리고 화장실 청소를 하고 바닥을 닦으면서 틈만 나면 들여다보던 것이 함미란 문자가 아니라 영어 단어였단 말인가. 나와 이야기를 나누는 순간에도 저만의 미래를 위해 긴장감을 놓지 않고 사는 왕싸가지!

아우! 나는 너무 기가 막혀 욕도 나오지 않았다. 머리가 어지럽고 구토증이 올라왔다. 너는 휴대폰의 별별 기능을 다 활용하는구나, 했더니 그게 다 나 때문이란다. 전자사전을 주머니에 넣고 다니면서 외웠는데 액정이 나가서 할 수 없이 휴대폰으로 영어 단어를 찾는 불편을 겪고 있단다. 꾸질한 놈! 요즘 세상에 누가 전자사전을 주머니에 넣고 다니나. 하긴 다른 애들은 다 이십만 원짜리 아이팟을 귀에 꽂고 사는데 액정 없는 오만 원짜리 엠피스리 하나 없는 놈이 바로 동윤이다. 나는 괜히 울적해져서 그렇게 공부가 그립고 좋으면 기숙 학원 가서 공부하지 왜 내려왔느냐고 했더니 아무 말도 안 했다.

"외워, 계속 열심히 외워서 너는 좋은 대학 가세요."

나는 마음껏 빈정거려 주었다. 속으로는 찔리고 덜컥했던 게 사실이지만 우선은 많이 괴롭혀 주고 싶었다. 어떤 절벽을 마주하고 있는 느낌이랄까. 그런데 나는 왜 요 반들반들한 절벽을 자꾸 타 넘어가려고 시도하나. 왜 못 삶아 먹어 안달인 걸까. 동윤이 앞에서는 늘 내 자신이 왜소해진다는 게 문제였다. 동윤이 앞에서 기죽으면 이 세상 앞에서 기죽는 것이므로 동윤이 앞에서 더 이상 작아지고 싶지 않았다. 그것 때문이다. 놈은 정의롭고 나는 잘못이 있다는. 나의 잘못이 친구를 상하게 했다는 자책감.

오빠는 사람도 아니야!

만약 동윤이와의 사이에 그런 일이 없었더라도 양분이의 그 말이 신경에 거슬렸을까.

한 시기, 동윤이가 친구라는 사실을 부정하려고 안간힘을 써 봤다. 절친이 아니라 그냥 '같은 학교에 다니는 아이'라고 하면 마음이 편해질 줄 알았다. 하지만 아니었다. 동윤이를 '친구 삭제' 시켰을 때 내 마음에 지독한 대공황이 찾아왔다. 엄마 아빠와 떨어졌을 때와는 또 다른 분리감이었다. 녀석을 다시 친구로 회복시켰더니 비로소 내가 나인 것 같았다. 우리는 서로서로 연결되어 버린 것이다. 결국 함께 나란히 가고 그 길에서 동윤이가 잘되고 축하할 일이 생기면 박수를 쳐 주는 게 더 낫다는 것을 알게 되었다. 놈이 함미란과 커플이 되었을 때 속으로는 좋았다. 뿌듯했다. 미란이한테 고마움 같은 이상한 감정도 느꼈다.

동윤이가 잘되면 잘될수록 좋다.

그것이 내 본마음이다. 그래 놓고 또 어떤 때는 불만스러워 미치려고 한다. 뭔가 나를 짓누르는 것 같다고 느낄 때가 있다. 그때는 또 동윤이에 대한 미움이 용솟음쳤다. 지금이 딱 그랬다. 나는 어딘가에 갇혀 있는데 저는 훨훨 자유롭게 날아다니면서 하고 싶은 짓 다 하며 산다. 나쁜 놈!

채반을 들고 물미 할아버지 집에 당도하자 동윤이는 양분이를 내세웠다.

"자, 이제 우리 양분이가 나서야 할 때네."

바보는 히죽히죽 좋아서 침이 흐르는 입으로 "네!" 하고 소리치더니 검지를 이용해 형광등을 탁 켰다. 방 안이 밝아진 것을 확인하자마자 할아버지네 낡은 상을 펼친 다음 식당에서 가져온 행주로 슥슥 문질러 닦았다.

"양분이 오케이!"

동윤이와 양분이가 사인을 주고받는 모습을 나는 물끄러미 지켜보았다. 놀고들 있네, 하면서도 죽이 척척 맞는 게 신기하기는 했다. 두 사람은 하이파이브를 했다. 만난 지 이십사 시간도 안 된 것들이!

"다음에는 그릇을 이렇게 내려놓고."

동윤이는 죽 그릇과 물김치를 할아버지 앞에 내려놓고 수저를 놓았다. 그래도 할아버지가 가만히 있으니까 이번에는 양분이가 떠먹이는 흉내를 냈다. 아하! 동윤이가 무릎을 치면서 할아버지 입에 죽을 떠 넣어 주었다. 그렇게 말도 없고 반응도 없던 할아버지가 따뜻한 죽을 호 불어서 입 가까이 대 주면 묘하게도 입을 살짝 벌렸다. 숟가락을 향해 몸을 살짝 당기는 것 같았다. 그것이 할아버지 행동의 전부지만 할아버지가 살아 있다는 것을 확인할 수 있는 놀라운 순간이기도 하다.

"양분이 너도 해 볼래?"

동윤이가 권했지만 양분이는 딴소리만 늘어놓았다.

"나는 닭 모이를 줄 수 있어. 닭이 제일 좋아하는 밥은 미끄라지야. 미끄라지 알아? 동운이 오빠 미끄라지 알아?"

동윤이가 지나치게 얼굴을 가까이 들이대는 양분이를 피하느라 미처 대답을 하지 못했을 때였다. 양분이가 갑자기 좁은 방바닥에 엎드리더니 팔다리를 허우적거렸고 그러다가 한 바퀴 몸을 굴리면서 뒤집어졌다. 알고 보니 미꾸라지 흉내를 내는 거였다.

"미끄라지는 시장에 살아."

양분이가 말했다. 나는 기가 막혀서 빨리 안 일어나느냐며 발길질을 해 댔고 발길질을 하면서는 어쩔 수 없이 "오빠는 사람도 아니야!"라는 말을 떠올렸다.

그런데 이 바보가 내 말은 듣지 않고 오로지 동윤이만 쳐다보는 게 아닌가. 그러면서 미꾸라지는 시장에 산다는 말을 열 번쯤 반복했다.

"알겠어, 알겠어."

동윤이가 당황하여 몸 둘 바를 몰라 했는데 나는 그게 너무 고소했다. 물미 할아버지는 방 안의 소동에는 아랑곳 않은 채 입을 오물오물하며, 멍하니 방문 쪽을 바라보고 있었다. 거기서 덜거덕덜거덕 차가운 바람 소리가 들려왔다.

빈 그릇이 담긴 채반을 들고 물미 할아버지 집에서 나올 때였다.

"난 오빠가 좋아."

양분이는 말로 그치는 것이 아니라 동윤이를 껴안으며 찰싹 들러붙었다. 얼굴을 동윤이 몸에 비벼 댔다. 처음에는 "저것이 눈은 있어 가지고." 했으나 차츰 징그럽다는 느낌을 받았다. 마치 양분이가 다가와 내 몸에 접촉한 것 같았다. 나는 양분이를 파악하고 있었다. 양분이는 좋아하고 싫어하는 것을 돌리지 못하는 게 분명하다. 좋아하면 그대로 상대방 몸으로 다가가 자기 자신을 붙여 버린다. 우리가 흔히 들이댄다고 하는 것과도 차원이 달랐다. 양분이는 직구만 알 뿐 체인지업을 모른다. 누군가 나에게 무엇이 지적장애입니까, 묻는다면 체인지업이 불가능한 것이라고 대답할 것이다. 나는 오빠가 좋아. 양분이가 또 말했다. 양분이는 동윤이가 정말 좋은 것 같다.

너는 내가 진짜로 좋다는 거냐?

플라스틱 장난감 칼을 민정이 목에 들이대고 물었다던 어릴 적 동윤이. 민정이는 동윤이의 칼을 받고 무슨 생각이 들었을까. 민정이…… 그래, 똘똘하지만 솔직히 여자애치고 얼굴은 별로지……. 순간 내 안의 슬픔이라는 핏덩어리가 불현듯 이런 말을 토해 내고 싶어 한다는 것을 나는 알았다. 〈새〉와 같은 노래를 좋아하고 물질 만능주의를 혐오하던 정직한 네가 어떻게 윤리 같은 사람을 지지할 수 있는 거니? 왜 너는 우리와 같은 유니폼을 입지 않았어? 좋아한다면, 친구라면 기꺼이 그래 주어야 하는 거 아니야? 나는 문득 깨닫는다. 내 안에 잘못 삼킨 돌덩어리가 있구나. 그걸 어떻게 뱉어 내야 하지?

양분이는 동윤이에게 더 철썩 들러붙고 동윤이는 매우 곤란한 표정을 짓고 있었다. 당연한 일이다. 내가 양분이한테 취한 태도가 지극히 현실적인 것이라면 동윤이는 이상을 대변한다. 이상주의자는 쉽게 길을 잃는다는 난점이 있다. 그렇다면 내가 나서 주지. 이번에는 슬픔을 감추고 내가 너의 배트맨이 되어 너를 지키겠다.

"야, 저리 꺼져!"

나는 양분이를 동윤이한테서 거세게 떼어 내 저만치 떨어뜨려 놓았다. 그러고도 성에 차지 않아 눈 뭉치를 만들어 양분이를 향해 날렸다.

퍽!

눈 덩어리가 정확히 양분이의 뚱뚱한 가슴팍에 내리꽂혔다. 양분이는 곧장 내게로 달려들면서 으르렁거렸다. 완전히 제 밥그릇을 빼앗긴 맹수의 표정이다.
"오빠는 나빠. 도깨비보다 나빠."
순간 나는 멍청해졌다. 이것도 저것도 아니던 양분이의 표정이 이것, 혹은 저것인 것처럼 선명한 방향을 취했기 때문이다. 반대 방향이기는 하지만 동윤이를 껴안으며 "난 오빠가 좋아."라고 할 때도 분명했던 것 같다. 양분이는 동윤이가 제대로 좋은 것이고 나에게는 제대로 화가 난 것 같았다. 그것은 누군가 양분이라는 그림에다 뽀샵 처리를 한 게 아닐까 하는 생각을 불러일으켰다. 지극히 애매하던 표정에 불이 들어왔다. 그것이 뽀샵 처리의 결과였다. 덕분에 나의 인간 합격선에는 빨간불이 더 짙어졌지만 나는 처음으로 그런 양분이의 표정에 공감하는 내 자신을 발견했다. 그것은 양분이와의 약속 가능성을 시사하는 것이기도 하다. 약속이란 사람끼리의 일이다. 약속하는 것도 이루는 것도 사람 사이에서 벌어지는 일이다. 불현듯 사용 불가능한 양분이를 가르쳐 사용 가능한 존재로 만들려는 할머니의 꿈이 영 터무니없지만은 않을지도 모른다는 생각이 들었다.
그런데 나는 도대체 왜 이토록 나빠져 버린 거지?

15
난 네 대신 맞은 게 아니야

"7이 오늘이야. 토요일, 그렇지?"

동윤이는 양분이를 식당 의자에 앉혀 놓고 요일을 가르치는 중이다. 동윤이의 봉사는 거의 양분이에 대한 봉사로 매듭지어질 것 같다. "내일까지만 일하고 월요일에는 집에 돌아가야 해."라고 한 말이 양분이를 울린 게 계기가 되었다. "우리 헤어져야 돼?" 하는 양분이를 겨우 달래 놓았는데 이번에는 월요일이 몇 밤 자면 오는지 설명해 달라고 했다. 그 가운데 틈틈이 양분이가 스킨십을 하면서 지나친 접촉을 하면 동윤이는 확 깨는 표정을 지었는데 그걸 보면서 나는 나 홀로 낄낄거렸다. 물 샐 틈 없이 완벽해 보이던 동윤이 놈에게 드디어 적수가 나타난 건 아닐까.

"이게 오늘이야, 지금. 그리고 요건 내일 즉, 일요일이고. 알겠니?"

"응, 알아."

하지만 그렇게 대답해 놓고 그다음에 이어지는 질문은

"왜 집에 가야 하느냐?"였다. 그런 질문에 일일이 대답하면서 동윤이는 지치지도 않는 모양이다. 가끔 양분이를 향해 "넌 순한 애구나. 돌보기도 쉽고."라며 혼잣말을 했는데 나로서는 매우 엉뚱하게 들리는 멘트였다. 하여간 오지랖도 무지 넓고 세상의 고통과 고민은 저 혼자 지고 있는 것 같다. 같잖은 놈! 동윤이의 그런 모습을 의식하다 보면 나는 또 양분이 그 바보를 확 두들겨 패 주고 싶은 마음이 꿈틀거려 괴로웠다.

저녁 메뉴는 카레라고 하기 무섭게 주방장 아줌마가 감자 담긴 커다란 그릇을 내놓았다. 그때 생쌀 아줌마가 뽀로통한 얼굴로 나타나 물었다.

"카레는 누구 담당이에요? 제 담당인가요?"

주방장 아줌마는 "아침에 그렇게 하기로 했던 거 아니었나요?"라면서 홀로 나갔다. 더 이상 관여하지 않겠다는 뜻이었다. 나는 감자 그릇을 가지고 홀로 나가 동윤이 앞에 앉았다.

"같이 깎자."

나는 과도 두 개를 보여 주면서 그 칼이 어디서 왔는지 운을 떼었다. 일부러 목소리를 웅장하게 깔았다.

"조선 22대 왕 정조께서 한 집안에 '기인'이라는 글자가 새겨진 대검을 내리셨단다."

"그래서?"

"너 기인이라는 것이 무슨 뜻인지 알아?"

"귀인이야, 기인이야?"

"그 기(其), 사람 인(人), 그래서 기! 인!"

"그, 사람? 무슨 뜻이야?"

"지금부터 설명할 테니까 내 말을 잘 들어라, 차동윤. 기인이라는 것은 말이야……."

그때 삼촌이 냉동 딸기가 든 비닐봉지를 가지고 안으로 들어왔다. 나는 주눅이 들어서 나도 모르게 치켜들었던 꼬랑지를 슬그머니 내렸다. 딸기는 반쯤 녹아서 흐물거렸다. 삼촌은 그걸 믹서기에 넣고 우유와 설탕을 섞어 갈았다. 드르르르…… 순식간에 먹기 딱 좋은 정도의 아이스크림이 나왔다. 하지만 맛은 별로였다.

"와, 진짜 맛있다."

동윤이는 신이 났다. 삼촌이 직접 지은 유기농 딸기라고 했다. 여름에는 인근 학교 급식으로도 나간단다. 우리가 먹는 아이스크림용 딸기는 그중에서 아주 지질한 것으로 끝물에 거두었다가 얼려 놓은 것이었다. 아이스크림을 먹으면서 동윤이가 말했다.

"그래서? 그 기인 이야기 계속해 봐."

나는 당황이 되어 "나중에." 하고 속삭였는데 그걸 삼촌이

들은 모양이었다. 동윤이는 내가 어찌해 볼 틈도 없이 "조선 22대 왕 정조께서 한 집안에다 '기인'이라는 글자가 새겨진 대검을 내리셨대요."라고 말해 버렸다.

"아, 그 기인?"

아마 그 순간 내 얼굴은 새빨개졌을 것이다. 공자님 없는 데서 공자님이 특허 낸 문자를 사용료도 안 내고 쓰다 걸린 기분이었다.

"삼촌도 아시는 이야기입니까?"

삼촌은 유난히 네모난 턱을 문지르며 잠시 뜸을 들였다.

"아, 그거라면 우리 상진이한테 듣는 게 낫겠다. 우리 상진이가 바로 그 칼의 여덟 번째 임자거든."

"네?"

"우리 가문에 전해지는 칼인데 상진이가 바로 다음 상속자란다."

"와, 대박! 진짜예요?"

으으으으으……. 너무 쪽팔려서 내가 막 감자 그릇에다 얼굴을 파묻으려고 하는데 다행히 삼촌이 아줌마들한테 "여기 아이스크림 드세요!" 소리치고는 목장갑을 끼며 밖으로 나갔다. 동윤이는 나를 자꾸 졸라 댔고 양분이는 "칼은 만지면 안 돼. 어른들만 만져야 돼, 알았어?" 하면서 엉뚱한 소리를 늘어놓았다. 아줌마들은 아이스크림을 먹으러 오지 않왔다. 나는 동윤이가 정말 듣고 싶어 하는지 눈치를 보면서 조금씩 이야기를 흘렸다.

"기인에서 우리가 얻을 수 있는 교훈은 인격이 훌륭한 사람이 칼, 즉 권력을 잡아야 한다는 거야."

"인격이 훌륭한 사람? 좋지."

동윤이가 늙은 사람처럼 받아치는 바람에 나는 김이 팍 샜다. 놈은 또 "인격이 훌륭하다는 게 어떤 거야?" 하고 물었다. 나는 잠시 버벅거렸다. 인격이 훌륭하다면 훌륭한 줄 알고 적당히 넘어가야지 왜 그 대목에서 딴지를 거나. 저가 잘났으면 얼마나 잘났다고.

"인격이 훌륭하다는 것은 자기 자신보다 사회라든가 타인, 인류를 먼저 생각하는 사람이지. 진심으로."

"그래?"

놈이 충분하지 않다는 듯이, 혹은 미심쩍어하는 눈으로 나를 봤다. 나는 기막혀하는 표정을 지으면서 되물었다.

"넌 그렇지 않다는 거야?"

"아니, 그렇지 않다고는 절대 말할 수 없지. 다만 그런 말은 아무 소용이 없다는 거야."

"왜?"

"이 세상에서 자신은 사회를 위하는 사람이 아니라고 믿는 사람이 과연 몇이나 될까. 하다못해 우리는 가족이라도 생각하며 살잖아. 누구나 저마다 사회와 타인을 위해 산다고 믿고 있는 것 같아."

"그래서?"

"그냥 그렇다는 거야. 심지어는……."

"심지어는 뭐?"

"아니야, 됐어."

"야, 그렇게 말을 하다 말면 이상해지잖아."

나는 탁자 밑을 더듬어 놈의 다리를 걷어차면서 빨리 말하라고 독촉했다. 동윤이는 망설이더니 고개를 들지 않고 말했다.

"1학년 때 윤리 말이야."

"윤리라면 그, 윤리?"

"그래."

순간 나는 확 긴장하고 말았다. 당연한 일이다. 우리가 그 선생 이야기를 직접 꺼낸 게 얼마 만이던가.

"윤리는 어떻게 생각할까, 넌 안 궁금해?"

"……뭐, 뭘 말인데?"

"우리에게 일어났던 일 말이야."

"……."

"윤리는 그때 일, 자기가 잘못했다고 여길까. 아니면 자기처럼 훌륭한 인격을 가진 사람을 그런 좋지 않은 일에 연루

시킨 우리들, 버릇없고 막돼먹은 요즘 아이들을 비난하면서 그런 아이들과 상대해야 하는 자신의 삶을 개탄하기 바쁠까. 넌 어떨 거라고 봐?"

"글쎄."

내 목소리는 오그라들었다. 기운이 쑥 빠져나갔다. 뭘 말하는지 알 것 같았다. 윤리 선생을 두고 훌륭한 인격자라 지칭한 사람이 있었다. 그 사건을 마무리하면서 우리 학교 교장 계춘이가 조회 시간에 떠드는 말이 티브이를 통해 교실에 방송되었을 때 우리 반 여자 담임은 당황하여 스위치를 탁 꺼 버렸다. 담임은 "이게 왜 이러지?" 실수한 것처럼 안절부절못하다가 오 분쯤 후에 다시 스위치를 눌렀다. 교장은 위로가 아니라 요즘 아이들의 '자유로움'에 관해 거의 헐뜯는 방송을 하고 있었다. 동윤이 입속에서 피가 채 마르지도 않았을 때였다. 여자 담임은 "어, 화질이 영 아니네."하면서 다시 티브이를 껐으나 복도로 교감이 지나가는 게 보이자 다시 스위치를 넣었다. 그때 그 여선생의 손톱에 발린 보라색 매니큐어가 유난히 안 어울렸다는 것을 나는 분명히 기억하고 있다. 어느 타이밍엔가 나와 동윤이의 눈이 마주쳤다. 동윤이는 뭔가 으쓱한 표정이었고 나는 죄지은 사람처럼 주눅이 들었는데 그 기분이 틀처럼 굳어져 지금까지 전해지고 있는 것이다. 그런데 그때 놈이 눈에 넣어 두었던 것이 단지 담임의 매니큐어 손톱만은 아니란 말인가.

 나는 동윤이를 쳐다보았다. 이 녀석은 왜 여기에 내려온 것인가. 녀석을 복수의 화신으로 여기는 건 정말 터무니없는 환상일까. 그렇지 않다면 어떻게 내 앞에서 '버릇없고', '막돼먹은' 같은 단어를 아무렇지도 않게 흘리는 걸까. 그랬다. 그 순간 동윤이가 했던 말에서 '버릇없고 막돼먹은'이라는 것만 중요하게 남고 나머지는 다 사라졌다. '훌륭한 인격'은 나를 자극하지 않았다. 그 사건에서 버릇없고 막돼먹은 아이는 요즘 아이들 모두가 아니라 나, 나밖에 없었기 때문이다.

 "뭐라고 믿고 있든 윤리의 생각을 우리가 어떻게 할 수는 없을 것 같아."

 동윤이 말이 아득하게 들렸다. 나의 대꾸는 거의 기계적이었다.

 "그러면?"

 "결국 내가 어떻게 해야 하느냐의 문제만 남더라고."

 나는 고개를 끄덕였지만 공감이 가지는 않았다. 아니, 동윤이가 말하고 싶어 하는 것이 무엇인지 나는 정확히 파악하지 못했다.

 그때 양분이는 감자 칼로 어눌하게 감자를 긁고 있었다.

 "이렇게 그냥 박박 밀어 봐. 깨끗하게 깎을 필요는 없어.

나머지는 오빠들이 다 알아서 할 테니까, 알았지?"

동윤이는 틈틈이 양분이에게 위험하지 않게 감자 칼을 다시 쥐여 주곤 했는데 내 눈에는 그것이 몹시 거슬렸다. 나는 양분이의 손을 노려보았다. 그때 동윤이가 이렇게 물었다.

"네 눈에도 내가 막돼먹은 요즘 애들 중 한 명 같냐?"

"무슨, 소리야?"

나는 감자와 과도를 동시에 내려놓았다. 한판 붙더라도 가만히 있으면 안 될 것 같았다. 너도 그렇겠지만 나도 할 말이 아주 없는 건 아니야. 나는 주먹을 쥐었다.

"사실 나, 세상에 태어나 그때 처음 맞아 봤다."

그렇게 말하면서 동윤이도 칼질을 멈추었다. 누구는! 단체로 맞았던 거 빼고는 나 역시 마찬가지거든! 그렇게 생각하고 있는데 머릿속으로 지금까지 맞았던 무수한 장면들이 스치고 지나갔다. 친구들한테, 여자애들한테, 선생님한테, 엄마한테……. 작년 생일 때는 생일빵이 무서워 교무실로 들어가 담임 뒤에 숨었다가 그것이 빌미가 되어 더 떡이 되도록 맞았다. 분명히 그것도 맞은 것이긴 하지만 한편에서 그건 맞은 게 아닌 것 같았다. 동윤이가 처음 맞았다는 것도 그런 뜻일까.

"난 누군가로부터 오해는 받을 수 있지만 비난받을 수 있다는 생각은 해 본 적이 없어. 난 내가 되게 괜찮은 사람인 줄 알았거든."

"얼씨구!"

"그런데 그렇게 맞는 순간 정말 아찔하더라. 내가 지금 무슨 짓을 한 거지, 하고."

"네가 무슨 짓을 한 건 아니지. 윤리가 무슨 짓을 한 거지. 넌 그냥…… 막돼먹은 나 대신 맞은 거야. 재수 없게."

나는 자조적으로, 빈정거리듯이 말했다. 쥐었던 주먹은 어느새 느슨해졌지만 마음은 반대로 움직였다. 좋지 않은 징조가 느껴졌다. 지금까지 꽁꽁 잘 막아 오고 단속해 오던 어떤 감정이 터져서 폭발하려고 버둥대고 있었다.

나는 마음을 다잡으려고 다시금 차가운 감자 하나를 골랐다.

"아니야!"

동윤이도 감자를 잡았다.

"난 네 대신 맞은 게 아니야."

목소리가 꽤 단호해서 나는 놈의 표정에서 눈을 떼지 못했다. 위로할 생각이라면 관두라고 할 참인데 나보다는 놈의 말이 빨랐다.

"난 네 대신 맞지 않았어. 그때 윤리가 똑바로 바라본 건 바로 나, 차동윤이었어. 그 눈은 나를 확인하고는 마침내 너에게 날렸던 것보다 더 큰 주먹을 날린 거야. 어금니가 나갈 정도로 막강한 펀치를. 그건 분명 윤리의 의지였어. 난 그걸 알아."

"말도 안 돼. 네가 뭘 잘못했다고."

나는 그렇게 말하면서도 미심쩍은 느낌이 다 가시지는 않았다. 하지만 하나의 경험을 두고 우리가 각자 다른 생각을 해 온 건 확실한 것 같다. 그건 상황이 그만큼 애매하고 복잡하다는 뜻이다. 동윤이가 한 말 중에 가장 위로가 되는 것은 "난 네 대신 맞은 게 아니야."지만 그것이 놈의 진심인지는 알 수 없는 일이다.

"난 지금까지 죽 그 점에 관해 생각해 왔어."

동윤이가 덧붙였다. 그때 나는 어렴풋이 느꼈다. 동윤이가 고민하는 것 역시 저 나름대로는 인간 합격선과 관련되어 있다는 것을. 민정이로부터 문제 제기를 받은 것은 비단 나 혼자만이 아니라는 사실을. 우리는 둘 다 '난 괜찮은 사람이야'라는 답을 찾아내고 싶어 한다.

동윤이가 만약 진짜 스스로의 '괜찮음'을 의심하는 중이라고 해도 내가 안심해도 된다는 뜻은 아니다. 녀석은 정의롭고 나는 잘못했다는 것, 그것이 녀석과 나의 삶에 커다란 오점을 낳았다는 것은 동윤이의 생각과는 상관없는 사실이다. 그것은 내 가슴에 들어앉은 돌덩어리다. 나는 그것을 꺼내고 싶다.

16
카레 사용법

"46인분이니까 이거 다 넣어야 돼요."

50인분 카레 봉지를 들고 커다란 솥을 들여다보며 강하게 어필하고 있는 사람은 생쌀 아줌마였다. 알맞게 썰어 넣은 재료들이 섞여 부글부글 끓었다. 주방장 아줌마는 국자와 숟가락을 번갈아 움직이며 맛을 보았다.

"어머, 미원 냄새!"

"미원요?"

"네. 카레 가루가 완전히 미원투성이라는 거 모르세요? 우리 몸에 얼마나 안 좋겠어요. 어르신들한테 그런 걸 드시게 하는 건 옳지 않다고 봐요."

그러면서 생쌀 아줌마가 쥐고 있는 카레 봉지를 와락 빼앗아 다른 양념 봉지 옆에다 챙겨 놓았다. 이를테면 주방장 아줌마는 카레 가루가 몸에 좋지 않으니까 다 넣지 말고 조금만 넣자는 것이고 생쌀 아줌마는 그 조금이 너무 조금이라며 따지는 중이다.

"그렇다고 어떻게 달랑 두 숟가락만 넣어요. 그건 너무하잖아요."

"충분한 것 같은데요. 이렇게 색깔이 일어나잖아요. 노랗게."

"노랗다고 다 카레는 아니지요."

그때까지만 해도 생쌀 아줌마의 표정 위로 가끔 눈웃음 같은 것이 떠올랐다. 설마 여기서 마무리되지는 않겠지. 그렇게 믿는 것 같았다. 나는 그것이 코믹 버전의 상황극으로 읽혔다. 생쌀 아줌마 시선은 카레 가루 봉지에 맞추어져 있었다.

"저 카레 가루를 다 넣지 않으면 간이 안 맞을 거예요."

"간? 소금을 더 넣으면 되죠."

주방장 아줌마가 그건 미처 생각을 못 했다는 듯 화들짝 놀라며 소금 봉지를 찾아 들었다. 생쌀 아줌마의 얼굴은 이제 걷잡을 수 없이 일그러졌.

"걸쭉하지가 않잖아요. 카레는 걸쭉한 맛이 있어야죠."

"아, 그거요? 그건 녹말가루를 넣으면 좋아져요. 자, 잘 보세요."

"어머나, 세상에!"

"왜요?"

"상상만 해도 토할 것 같아서요."

"그럼 상상하지 않으면 되잖아요. 상상하는 것이 곧 현실은 아니거든요."

"뭐라고요?"

"음식을 보고 토할 것 같다니까 하는 말이에요."

"아우, 기막혀!"

마침내 참고 참던 생쌀 아줌마가 분통을 터트리며 물러났다. 드라마에 나오는 성격 안 좋은 주인공처럼 주먹 쥔 양손에 몇 번이고 기합을 넣었다. 그러면서도 최종적으로는 호흡을 크게 하면서 마음을 가라앉혔다.

"잠깐만요."

잠시 후 생쌀 아줌마가 물러설 수 없다는 듯이 다시 카레 냄비 가까이 다가갔다. 표정이 아주 비장했다. 좀 과장을 한다면 죽음을 각오하고 독립운동에 나선 사람 같았다.

"카레는 제 담당이니 저보고 알아서 하라고 하시지 않았나요?"

그때 양분이를 앞세우고 할머니가 식당 안으로 들어왔다. 이때다 싶었는지 생쌀 아줌마가 할머니를 붙들고 하소연을 시작했다.

"이게 말이 안 되잖아요, 할머니가 어떻게 좀 해 보세요."

할머니는 우선 생쌀 아줌마한테 잡힌 팔뚝을 억지로 떼어 냈다.

"왜 이래여!"

"할머니이!"

"나는 그저 밥은 쌀로 만들만 되고 반찬에는 소금만 들어가만 된다고 봐여. 그러니 알아서들 허소."

또 이런 말도 했다.

"저마다 자기 부엌에서 대장 노릇 하다가 갑재기 남하고 마음까지 맞춰야 허니께 어렵겠지. 암만, 어려울 것이여."

동정인지 비난인지 알 수 없는 말을 남기고 할머니는 잽싸게 날라 버렸다. 우와! 거짓말 조금 보태서 빛보다도 빠른 속도였다. 다들 잠시 멍한 표정으로 할머니가 문을 닫았을 때 들어온 찬 바람을 느끼며 서 있었다. 큭큭. 우리 할머니가 누군가. 집안의 가보를 서로 상속받겠다고 싸우는 아들들이 꼴불견이라는 이유로 국가적인 문화재를 싹둑 이등분해 버린 양반이 아니던가. 나는 아무도 몰래 히죽 웃었지만 그 웃음이 산뜻하지만은 않았을 것이다. 나보다 먼저 정신을 차린 것은 놀랍게도 양분이였다.

"내가 안 그랬어!"

바닥에 난 발자국을 가리키며 하는 소리였다. 내가 말을 말지! 나는 말없이 대걸레를 들고 와 슥슥 바닥을 문질렀다. 같은 흙 발자국인데 아침보다는 덜해 보였고 그런대로 보아 넘길 수 있었다.

"콩 주세요."

분위기 파악 같은 것과 거리가 먼 양분이가 콩조림 그릇이 보이지 않는다며 콩조림을 달라고 계속 졸랐다. 주방장 아줌마는 카레 냄비 뚜껑을 닫고 생쌀 아줌마가 그곳으로 접근하지 못하도록 가로막고 있었다. 마치 국회에서 예산안 날치기 통과를 노리는 여당 의원 같았다. 그래도 양분이를 가르치는 목소리는 아주 부드럽다.

"콩조림은 저기 냉장고 근처에 있어. 신문으로 덮어 놓은 거. 자, 양분이 잘 찾을 수 있지? 한번 가서 찾아봐."

양분이는 흘금흘금 돌아보면서 냉장고 쪽으로 갔지만 표정은 완전히 울상이었다. 겁을 집어먹은 상태였다. 뭔가를 찾아내는 게 자기 전공 분야가 아니니까 겁을 내는 것 같았다. 내가 가서 콩 그릇을 대신 찾아 주었다.

"동윤이 오빠는?"

놈이 어디 갔는지 물었더니 전화 통화 중이라고 했다. 함미란인 모양이다. 그때 갑자기 짓궂은 생각이 충동처럼 밀려들었다. 나는 아줌마들 눈치를 보고 동윤이가 들어오나 동향을 살피다가 양분이에게 다가가 소곤거렸다.

"양분이 너 동윤이 오빠 좋아?"

"응. 동운이 오빠 좋아."

"사귀고 싶지?"

"사귀고 싶지?"

"사귀는 거 몰라?"

"사귀는 거 몰라?"

어휴! 사귀는 게 뭔지 모르는 게 분명했다. 양분이는 뜻을 모르면 무조건 따라 하는 습관이 있었다. 어떻게 하지……. 나는 말을 바꾸어 보았다.

"너 동윤이 오빠 애인 하고 싶어?"

"응, 동운이 오빠랑 애인 하고 싶어."

"그럼, 애인이 되어 달라고 부탁해 봐."

"부탁해 봐?"

"그래, 이렇게 동윤이 오빠 손을 잡고 애인이 되어 달라고 하고 안 된다고 하면 막 울어. 그러면 동윤이 오빠가 애인이 되어 줄 거야, 알았지?"

"알았어."

"좋아, 약속한 거다? 파이팅!"

양분이와 나는 만나서 처음으로 파이팅을 주고받았다. 물론 죽이 잘 맞지 않아 큰 소리는 나지 않았다. 그런데 파이팅이 끝나기 무섭게 동윤이가 식당 안으로 들어왔다. 주방장 아줌마가 생쌀 아줌마한테 말하는 목소리가 조금만 작고 부드러웠어도 양분이가 그 자리에서 바로 사고를 쳤는지 모른다. 양분이는 물론 거기 있던 모두가 주방장 아줌마 말에 집중할 수밖에 없었다. 그만큼 분위기가 심각했다.

"미원 넣은 카레 가루를 그대로 사용하려고 하니까 그렇죠. 그건 공해예요. 모른다면야 모르지만 알면서도 사람에게 공해 식품을 먹일 수는 없는 거잖아요."

"하지만 메뉴를 이미 카레로 정하셨잖아요."

"그랬죠. 오늘도 어제처럼 먹고는 살아야 하니까 어쩔 수 없는 일 아닌가요? 그래도 공해를 최소화해서 가급적이면 피해가 가지 않도록 두루 배려하는 거, 그런 게 필요하지 않을까요?"

"카레를 만들기로 했으면 카레를 만들어야죠. 지금 주방장님이 하시려는 음식은 카레가 아니잖아요."

"어머, 카레가 아니면 그럼 이 음식이 뭐겠어요? 애들아, 이거 카레니, 아니니?"

주방장 아줌마가 갑자기 몸을 돌려 우리를 쳐다보며 동의를 구했다. 양분이가 잽싸게 주방장 아줌마 앞으로 달려갔다.

"저거 카레 아니야."

"어머, 그럼 이게 뭐니?"

"호박국이야. 호박국이 얼마나 맛있는데. 소도 호박국 먹을 줄 안다. 동운이 오빠, 소가 호박국 먹는 거 봤어?"

"어, 아니."

그러더니 동윤이는 웃으면서 양분이를 홀로 데리고 나왔다. 카레인 것도 아니고 카레가 아닌 것도 아닌 음식을 호박국이라고 한 것을 두고 동윤이는 나에게 다가와 "감동적이잖니?" 하며 소곤거렸다. "카레가 호박국하고 유사하다는 것을 파악했어. 양분이도 가능성이 아주 없는 건 아니야." 헐! 내 눈에는 동윤이가 아무래도 제정신이 아닌 것 같다.

동윤이와 양분이가 콩 그릇을 가지고 속닥거리고 있을 때였다. 생쌀 아줌마의 목소리는 거의 포기 단계에 이르고 있었다.

"말도 안 돼요. 카레 만드는 법은 이미 정해져 있어요. 몇 인분에는 가루를 얼마나 넣어야 하고 물은 또 얼마나 부어야 하는지 다 정해져 있다고요. 우리는 그걸 따라야 해요."

"봉지에 써 있는 것 말인가요?"

"잘 아시네요."

"그건 우리가 정한 게 아니잖아요. 우리가 먹을 카레니까 만드는 법도 우리 스스로 정해요. 가장 건강하고 도덕적인 것으로."

"우리요?"

생쌀 아줌마 얼굴에 드디어 비웃음이 나타나기 시작했다. 사람과 사람이 싸우는 순서로 보면 거의 마지막 단계라 할 수 있다.

"네, 우리."

"우리라고는 하지만 그건 주방장님 개인적인 방법 아닌가요?"

"제가 하는 식이 가장 옳고 유익한 방법이라는 확신이 없다면 제가 뭐하러 입 아프게 이러겠어요?"

그쯤에서 생쌀 아줌마는 고개를 끄덕이며 깨끗이 물러났다. 잠시 후에는 "알겠습니다." 하면서 백기까지 들었다. 주방은 포기하고 행주를 가지고 홀로 나가 테이블을 닦고 의자들을 정돈하기 시작했다.

결국 주방장 아줌마가 최종 승리를 거두었다. 46인분 카레에 들어간 카레 가루는 50인분 봉지의 1/5도 안 되는 분량이었다. 소금 덕분에 먹어 보니 간은 맞고 카레 맛도 났다. 하지만 그건 카레가 아니었다.

"이기 뭐라, 어디 음석이라?"

할아버지 할머니 들이 궁금히 여겼다.

"이건 카레라는 거예요. 소화가 잘 되실 거예요."

"그래, 고생 많구만. 이렇게 먹으만 되는 기라?"

한 할머니가 카레에다 밥을 말았다.

"네, 많이 드세요."

그러자 할아버지 할머니 들은 서로에게 이렇게 말했다.

"마이 먹어 둬. 오래 사는 거래여."

놀라운 일은 음식을 잘 남기던 어르신들은 결국 카레를 남겼고 평소에 그릇이 깨끗하던 분들은 이상한 카레도 다 드셨다는 것이다. 워낙 조금 담기도 했지만 물미 할아버지의 상에도 남은 음식은 없었다. 카레를 거의 안 먹은 사람은 나하고 동윤이였다. 나는 배가 아프다는 핑계를 댔고 동윤이는 점심을 많이 먹어서 아직도 배 속이 든든하다고 했다. 그러고 보니 놈이 거짓말을 다 했다.

"난 이것으로 봉사 다 끝날 것 같은데 너는?"

"나도 얼추 육십 시간 될 것 같아. 사실 나 시간 채우려고 헌혈을 두 번이나 했다."

"봉사 시간 때문이 아니라 헌혈하면 얼굴 여드름 없어진다는 소릴 듣고 그랬다던데?"

"뭐? 누가 그래?"

"네가 민정이한테 그렇게 말했다면서?"

"하여간 여자애들은 입도 싸. 그냥 해 본 소리였는데."

"민정이가 입이 좀 싸지."

"나 여기서 체험한 거 가지고 숙제나 뭐 그런 거 하고 싶은 거 있지. 연관된 숙제가 없는 게 유감이야. 기껏 블로그에나 올리겠지."

"내가 댓글 달게."

"그럼 우리 인증샷도 찍어 두자."

"그러자."

우리는 사진을 여러 장 찍었다. 휴대폰이 후져서 찍을 맛이 안 났지만 그러니까 더 많이 찍을 수밖에 없다는 사실도 알게 되었다.

"여기서는 사용 설명서를 안 지켜도 통했지만 식탁의 윤리는 오로지 맛뿐이라고 믿는 우리 학교 식당이라면 완전 난리 났겠지. 지금 장난하세요? 하면서 폭동 일으켰을 거다. 주동자는 우리 반 영웅이었을 거고."

"우리 반 여자애들은 어떻고. 멀쩡한 밥 가지고도 툭하면 트집인데."

"그런데 사용 설명서는 꼭 지켜야 할 약속일까 아니면 지키면 좋은 약속인 걸까."

"글쎄. 지키면 좋고 꼭 지키면 더 좋겠지?"

"이런 절충주의자!"

"그나저나 배고프다."

"나도."

"그럼 따라와. 닭들의 주리를 틀어 달걀이나 왕창 빼앗아 먹자. 단 삶아 먹지 말고 프라이 해 먹어야 해."

"오케이."

우리는 할머니 집으로 밥을 가져갈까 해 봤으나 주방장 아줌마가 늦게까지 일하는 바람에 그냥 식당을 나왔다. 그

때 생각한 건데 성실성 하나로는 아무도 주방장 아줌마를 따라가지 못할 것 같다. 가만히 보면 안 해도 되는 일까지 정리하고 닦고 바꾸었다. "그건 손 안 봐도 되여." 할머니가 몇 번이나 만류했지만 주방장 아줌마는 검게 그을린 온갖 냄비들을 하얗게 윤이 나도록 닦아 놓았다.

17

인간 합격선

"삼촌은요?"

우리는 허기진 배를 움켜잡고 티브이 시청에 몰두하고 계신 할머니 눈치를 보았다. 닭들의 주리를 틀겠다고 호언장담했지만 이미 녀석들은 하루 일과를 끝내고 닭장 안으로 들어가 조용해진 상태였다. 잠자리에 든 놈들을 깨워 알 낳으라고 회초리 들이대며 협박하는 건 아무리 생각해도 좀 아닌 것 같다. 할머니 집 부엌에서 전기밥솥은 발견되지 않았다. 라면도 보이지 않고 쌀도 없었다.

"올 때 되았다."

어떡하지? 우리는 할머니 말씀은 듣는 둥 마는 둥 비밀스러운 눈빛을 주고받았다. 밥을 먹어야겠는데 큰일이었다. 시골에서 피자를 시킬 수도 없고. 가래떡이라도 있으면 매콤한 떡볶이도 괜찮은데 그것도 불가능하고.

"할머니 배고파요."

결국 할머니한테 도움을 청했다. 자존심보다는 밥이 우선이다. 그런데 할머니의 첫마디가 이랬다.

"너그도 밥투정 있냐?"

아, 그게 아닌데.

"밥에 불만허는 사내들은 못쓴다. 너그들이 함 해 봐라. 벨수가 있나."

할머니가 식당으로 가면 차려 주겠다고 나서서 기절하는 줄 알았다. 집에는 쌀도 없고 그릇도 없다는 거였다. 밥해 먹는 식당이 따로 있는데 살림을 왜 따로 차리겠느냐는 말에 풀이 죽고 말았다. 나 처음 오던 날 했던 음식 역시 동네 식당에서 차린 것이라고 했다.

"알겠어요. 그냥 참을게요."

"그래도 배는 채워야지. 배가 비면 꿈자리가 무수아, 가자."

할머니는 신발을 끌며 나설 태세였다.

"아니에요. 식당에 가서 우리가 차려 먹을게요. 밥 남은 거 있어요. 그 대신……."

"그 대신 뭐?"

"반찬은 계란만 있으면 돼요."

나는 완전히 비굴한 웃음을 지으면서 헤헤거렸다. 시간은 막 여덟 시를 알렸다. 우리 둘이 밥 한 공기를 다 먹으려면 계란이 몇 개나 필요할까. 벌써 입에 침이 고였다. 전통 계란으로 만든 프라이가 눈에 삼삼했다. 거기에 토마토케첩을 듬뿍 뿌려 먹으면 꿀맛이 따로 없을 터. 집에 돌아가면 정말 베란다에다 닭 한 마리 키워야겠다. 며칠 전에 〈장화 신은 고양이〉를 3D로 봤는데 거기에 황금 알을 낳는 거위가 나왔다. 난 황금은 필요 없다. 그저 맛있는 전통 계란, 그거 낳는 닭 한 마리면 충분하다.

"고놈들 참."

할머니가 계란을 내주었다. 짚으로 만든 동그란 그릇 안에 계란이 스무 개도 넘었다. 계란 수를 헤아리던 할머니가 "다 먹지는 않겠제?" 했는데 무슨 의도로 그러시는지 이해가 안 됐다. 나는 망설이면서도 물어볼 건 물어봤다.

"왜요? 다 먹으면 안 돼요?"

"왜 안 되겠냐. 탈 날까 봐 그라지."

"그럼 잘 먹겠습니다."

클클클. 하지만 시간을 끌 필요가 있었다. 보나 마나 주방장 아줌마가 안 해도 되는 일을 열심히 하고 있을 것이다. 동윤이는 할머니 옆에 앉아 티브이에 눈을 팔고 있는 것처럼 보였지만 사실은 딴생각에 빠져 있었다. 심각한 일 생겼느냐고 물었더니 놈이 실토했다.

"나 엄마한테 기숙 학원 가는 걸로 하고 나왔거든. 백팔십만 원은 내 통장에 넣어 놓고. 결국 들통 났어."

어떻게 그런 일이 가능하냐고 물었더니 그 학원에서 수강료를 송금하지 말고 직접 와서 계산하라고 했단다. 차도 없고 시간도 없는 동윤이 엄마는 아들한테 모든 것을 믿고 맡겼다가 이렇게 배신을 당했다. 덕분에 돈은 굳었지만 자기는 올라가면 죽을 거라는 것.

머리를 맞대고 투덜투덜하다가 동윤이는 동윤이답게 휴대폰으로 영어 단어를 외우고 나는 나답게 컴퓨터 방으로 가서 전원을 켰다.

오랜만에 가요 동아리 카페 'UFO'에 들어가 신곡 올라온 게 있나 눈여겨봤다. 어떤 신입 회원이 투개월의 〈여우비〉를 올려놓았으나 이미 질리게 들었던 노래라 내키지 않았다. 후다닥 빠져나와 다시 '인간 합격'을 검색해 봤다. 맨 처음 올라온 블로그에 들어갔다가 화들짝 놀랐다. 불시에 여자 가수가 부르는 일본 노래가 튀어나왔다. 제목은 〈문라이트 리뷰〉이고 오리지널 뽕짝 풍이었다. 조금 아래로 내려갔더니 작은 사이즈의 동영상에 가사가 자막으로 떴다. *내 사*

랑과 춤을 춘다면 달콤한 오늘 밤은 영원하겠죠, 내 마음은 하늘로 날아오르고……. 딱 봐도 성인 버전이었다. 어쨌거나 여기저기 돌아다녔다. 내가 알고 싶은 것은 인간 합격선이기 때문이다. 대학마다 커트라인이 있는 것처럼 인간됨이라는 것에도 합격선이 있다니 그게 뭔지 꼭 알아내고 싶다. 일본에서 말하는 합격선과 대한민국 인간 합격선은 분명히 다르겠지만 일본 합격선을 보면 대한민국 합격선도 짐작할 수 있지 않을까.

〈인간 합격〉이라는 영화는 1999년에 만들어진 것으로 감독은 구로사와 기요시로 되어 있었다. 주인공을 맡은 배우는 니시지마 히데토시인데 음, 남자인 내가 봐도 잘생겼다. 블로그 주인의 흥분된 톤으로 보아 니시지마는 일본에서 매우 유명한 배우 같다. 어떤 블로그에서 본 영화 줄거리는 다음과 같다.

열네 살 때 교통사고를 당해 십 년 동안 혼수상태에 빠져 있던 요시이는 어느 날 갑자기 기적적으로 깨어난다. 하지만 십 년이라는 세월 동안 그의 가족은 뿔뿔이 흩어져 버렸고, 깨어난 그를 찾아온 사람은 가해자와 아버지의 친구뿐이다. 요시이는 아버지 친구 후지모리의 도움을 받아 새로운 생활을 시작하지만 잃어버린 십 년은 쉽게 회복되지 않는다.

와우! 십 년 동안 혼수 상태로 있다가 깨어났다면 생물학적 나이는 스물네 살, 정신 나이는 열네 살인 걸까. 게다가 십 년 만에 깨어났는데 그걸 기뻐해 줄 가족조차 뿔뿔이 흩어지고 없다니. 요시이는 얼마나 황당했을까.

여의어야 할 것을 여의지 못한 소년!

어떤 블로그는 소년에게 인간 합격증이 필요한 이유를 그렇게 설명하고 있다. 마음은 순수한 열네 살인데 세상의 룰은 그게 아니기 때문이다. 순수함을 여의는 것, 그것이 스물네 살 청년이 갖추어야 할 기본적인 요건이라고 설명하고 있다. 그것이 정말로 인간이 되는 것, 사회의 일원이 되는 길이라고 나와 있다.

아, 무슨 이런 말도 안 되는 이야기가 다 있을까.

무엇보다 순수함이라면 도대체 어떤 순수함을 말하나. 동윤이처럼 착한 거? 거짓말 안 하는 거? 그런데 이리저리 찾아봤더니 요시이는 만화방에서 책도 훔치고 어른한테 돌도 던지는 것 같다. 내가 생각하는 순수함과는 거리가 멀다.

어떤 블로그는 순수함을 이렇게 설명하고 있다.

감정에 솔직한 것.

꾸밈없이 말할 수 있는 능력.

아주 말이 안 되지는 않는다고 생각할 때였다.
"Hey, 25세손! 배고프다."
동윤이가 방을 들여다보기에 나는 후루룩 창을 내렸다.
에이, 전통 계란으로 밥이나 먹자.
나는 그 영화 이야기가 왠지 모르게 실망스러웠다. 엉터리 영화일 것이다. 하지만 인간 합격선이 진짜 궁금하다면 남의 이야기만 듣고 끝낼 것이 아니라 집에 가서 다운 받아 제대로 한번 보기는 해야겠지.

다행히 마을 회관은 통째로 불이 꺼진 상태였다. 아줌마들이 쉬러 들어간 것이다. 아줌마들은 원래 마을 회관 2층에서 자야 하지만 날씨가 너무 추워 어떤 집에서 방을 내주어 그곳에서 숙박한다. 그러니 이제 우리들 세상이다.
"동운이 오빠 뭐 해?"
프라이팬에 불을 넣었을 때 귀신같이 냄새를 맡고 양분이가 주방으로 들어왔다. 동윤이가 티브이나 시청하지 추운데 뭐 하러 나왔느냐고 하니까 "테레비보다 동운이 오빠가 더 재미있어." 했다.
"껍질이 진짜 단단하다."
동윤이가 프라이를 하면서 말했다. 많이 해 본 솜씨였다.

집에서 보던 것과는 달리 알의 크기는 아주 작은 편이란다. 프라이가 다 끝났을 때 삼촌이 들어왔다. 저녁을 못 먹었다고 했을 때 딱 생각난 것은 내가 먹을 프라이 개수가 줄어들겠구나, 였다.

"와, 뭐 이렇게 맛있는 계란이 다 있어?"

동윤이는 난리도 아니었다. 내려앉은 축사의 소처럼 두 눈이 똥그래졌다. 전통 계란으로 만든 프라이를 처음 먹어 보니 당연한 일이다. 한 사람당 일곱 개나 먹었는데 밥공기의 밥은 절반이나 남아 있었다. 결국 나머지 밥은 김치로 먹었다. 그래도 행복했다.

"맛있는 음식을 즐겁고 기쁘게 먹을 수 있는 식탁이 세상에서 가장 훌륭한 식탁인 것 같아, 그치?"

"맞아."

"그 말도 안 되는 카레 안 먹기를 잘했지."

내 입에서 저절로 그런 말이 튀어나와 버렸다. 삼촌이 밥을 먹다 말고 나를 쳐다보기에 실수한 걸 깨달았다. 잠시 후에 삼촌은 이런 말을 남겼다.

"내년 가을쯤부터는 시에서 살림을 맡아 할 사람을 보내줄 수 있단다."

"주방장 말인가요?"

"그렇다고 볼 수 있지. 지금은 예산이 모자라 괜한 고생들을 많이 하시지."

"그럼 그분이 칼을 잡는 건가요?"

"맞다. 그 사람이 지휘하게 될 거다. 그러면 봉사자들은 지금보다 훨씬 편해지겠지."

"다툴 일도 없겠네요."

"뭐?"

"아니에요."

나는 얼른 발뺌했다. 삼촌과의 그 대화는 나로 하여금 많은 생각을 하게 만들었다. 사장 없는 회사, 교장 없는 학교, 더 나아가 대통령 없는 나라가 가능할 것인가. 거의 불가능하거나 가능하더라도 매우 힘들지 않을까. 원시 부족에게 추장이 있었다는 것만 봐도 알 수 있다.

어쨌거나 누군가 칼을 잡기는 해야 하는 세상이다. 칼을 잡는 그 사람이 '그 사람'이면 아주 다행일 거고 '그 사람'과 거리가 먼 사람이면 불행인 것이다.

삼촌은 먼저 집으로 가고 우리는 설거지를 깨끗이 하고 나왔다.

"오빠들이 바래다줄게."

동윤이가 잠바를 걸치고 빵모자를 쓰면서 양분이를 앞세웠다. 나는 잠바에 달린 모자를 덮어 썼다. 배가 부른 탓인지 춥지는 않았다. 우리는 술꾼들처럼 흥얼흥얼 노래를 부르며 걸었다. 그런데 정말 웃기는 것은 그때 우리가 부르던 노래가 다름 아닌 우리 학교 교가라는 사실이다. 먼저 알아차린 것은 나였다. 나는 놈이 먼저 시작한 거라고 우기면서 발길질을 했다. 우리가 아직 마을 회관과 느티나무 사이에 세워진 가로등에서 그리 멀어지지 않았을 때였다. 양분이가 말했다.

"동윤이 오빠, 나 좋아? 고백해도 돼?"

그리고 말끝을 올리더니 이 바보가 내 눈치를 보는 게 아닌가. 나는 무슨 일이 일어나려는지 곧바로 눈치채지는 못했다. 내가 주방에서 양분이한테 한 말은 장난이었기 때문이다. 나는 까맣게 잊고 있었다.

"안 돼!"

비로소 사태를 알아차린 나는 홈으로 들어오지 말라고 손짓하는 야구 코치처럼 정신없이 양손을 저어 댔다.

18

별은 똥이고 똥은 별이다

"야! 너 빨리 집에 가, 빨리 가!"

나는 온 힘을 다해 양분이를 잡아끌었다. 너무 서두르는 바람에 내가 자빠질 뻔했다. 가로등이 있기는 하지만 불빛을 벗어나면 시골길은 칠흑이나 다름없다. 나는 양분이를 우선 칠흑 같은 어둠 속에 숨기고 싶었다. 그래야 안심이 될 것 같았다.

"안 가. 난 동운이 오빠가 좋단 말이야."

힘이 완전 장사였다. 나 역시 한 힘 한다고 생각했는데 비교가 안 됐다. 〈인간 합격〉이라는 영화 장면이 떠올랐다. 후지모리 씨가 잡아끌었을 때 그 청년도 저렇게 불가사의한 힘으로 버텼을까.

결국 동윤이가 나섰다.

"밤이니까 양분이 집에 들어가 자야지. 눈 감고 코하면 예쁜 천사가 나타날 거야. 양분이 천사한테 착하다고 칭찬받고 싶지?"

"싫어!"

"그럼 양분이 어떻게 하고 싶어?"

"동운이 오빠!"

"그래, 말해 봐."

"양분이는 동운이 오빠 사랑해. 나 동운이 오빠 애인 하고 싶어."

헉! 나는 내 귀를 의심했다. 바보의 고백치고는 왠지 모르게 조리가 갖추어져 있다. 그리고 그 표정, 그건 누가 시켜서 한 흉내가 아니었다. 그 표정에는 양분이 속마음이 그대로 떠올라 있다. 민망하면서도 기가 막혔다. 가슴이 쪼그라드는 기분이다. 어쨌거나 동윤이한테는 미안해져 버렸다.

그때 한숨을 푹 내쉬더니 동윤이가 말했다.

"양분아, 그건 안 돼."

"왜?"

"오빠는 양분이를 동생으로 생각했어. 동생으로 봤기 때문에 양분이한테 잘해 준 거야, 알겠니?"

양분이가 고개를 저었다. 얼굴에는 골이 잔뜩 나 있다. 동생이라면 민정이? 정말 웃기는, 특별한 사촌 간이라니까.

너는 내가 진짜로 좋다는 거냐?

민정이를 떠올렸더니 자동으로 그 장면이 그려졌다. 순간 가족도 아닌, 제삼자에 불과하던 내게 어째서 그 장면이 마음에 오래 남았는지 비로소 알겠다는 생각이 들었다. 우리는 언제나 누군가를 좋아하고 좋아함을 표현하지만 또한 언제나 좋아한다는 그 사실을 의심받는다. 좋아하는 사람은 좋아하는 사람에게 자신의 감정이 진심임을 증명해야 할 때가 생긴다. 민정이는 동윤이를 몹시 따랐으나 결정적인 타이밍에서 같은 유니폼을 거부했다. 동윤이도 충격을 받았을 것이다. 어쩌면 내가 좀 이상한 고딩이어서 그런 생각을 할 수는 있다. 함미란이 동윤이와 커플이 되었을 때 내가 처음으로 떠올린 질문도 '과연 함미란은 동윤이가 전교 몇 등 하는 애가 아니어도 좋아해 주었을까'였다. 그것은 동윤이가 내게 이런 말을 했던 것과도 통하는 것 같다. "우리가 커플이 된 건 그냥 하나의 과정이지. 폼일 수도 있고."

그런데 저 바보 양분이의 마음을 누가 과연 진심이 아니라고 의심하겠는가. 우리는 좋아하는 마음조차 계산대 위로 올려놓는 것에 비해 저 바보의 한 방은 얼마나 후련하고 직설적인가. 본래부터 체인지업을 구사할 수 없는 애라는 것을 동윤이라고 해서 왜 모르겠는가. 인간 합격선이 뭔지는 모르지만…… 적어도 지금의 나는 합격자가 아닐 것 같다. 나는 거짓으로, 재미 삼아 부추겼는데 양분이는 거기에다 마음을 얹어 버렸다. 그 결과 세상에서 가장 행복하고 멋진 여자애가 양분이 표정으로, 목소리를 타고 등장했다. 그 순간의 양분이는 바보가 아니었다. 사용 불가능하다고 낙인찍혔던 기계가 스스로 땅을 짚고 일어나 독자 행동을 시작했다고나 할까. 진심 앞에서라면 상대가 바보라도 무릎을 꿇을 수밖에 없지만 문제는 우리가 그런 양분이의 마음을 다 받아 줄 수 없다는 데 있다. 왜냐하면 우리는 진짜가 아니기에. 우리의 마음은 하나같이 설정된 것이기에. 어쨌거나 타인의 진심을 거절한다는 것은 너무 미안한 일이다.

갑자기 속에서 울컥 무언가 뜨거운 것이 올라왔다. 꼼수를 모르는 양분이에게 꼼수를 썼으니 나는 영락없이 나쁜 놈이 되었다.

동윤이의 얼굴도 확실히 긴장감을 띠었다. 놈이 말했다.

"그리고 오빠는 좋아하는 언니가 따로 있어."

"아니야!"

"진짠데, 보여 줄까?"

"응."

동윤이는 휴대폰을 꺼내 화면을 내밀었다. 양분이는 물끄러미 그것을 들여다보더니 화면 속의 그 얼굴을 가리키며 소리쳤다.

"이건 양분이잖아. 양분이가 여기 있어. 이 언니가 바로 양분이야."

"이건 양분이 네가 아니야. 이 언니는 오빠가 좋아하는 함미란이야."

"아니야. 이건 양분이야. 양분이가 동운이 오빠 핸도폰 안에 들어 있단 말이야."

양분이는 감쪽같이 양분이로 돌아왔다. 순식간에 일어난 일이다. 불가항력에다 막무가내로 버티며 고집부리고, 아무리 해도 말이 안 통한다.

너무 답답해서 내가 끼어들었다. 나는 양분이 몸을 거세게 흔들었다.

"바보야, 이건 너 아니야."

그러자 양분이는 훌쩍훌쩍 울기 시작했다. 아, 진짜……. 안됐다는 느낌이 들기 무섭게 큰일 났다 싶었다. 뭐랄까. 양분이의 눈에서 진짜 눈물이 흘러내렸는데 왠지 그건 내가 세상에 태어나 처음 보는 남의 눈물 같았다. 나는 양분이가 울 수도 있는 존재라는 것을 미처 생각하지 못했던 것처럼 당황스러웠다. 짠하고 부끄러웠다. 동윤이는 인내심을 가지고 그런 양분이를 달랬다.

"미안해 양분아, 정말 미안해."

이제는 내가 양분이한테 뭔가를 시켰다는 것이 문제는 아니게 되었다. 어차피 다 벌어진 일이다. 일단은 수습을 하는 게 중요하다. 양분이가 울음을 그쳐야 하는 것이다. 한밤중 동네 한복판에서 터진 그 울음이 한 시간이 가도 그치지 않으리라는 것을 나는 정말 상상도 하지 못했다.

"양분아아."

"동운이 오빠아."

만약 내가 개입되지만 않았어도 그 상황을 가볍게 웃어넘길 수 있었을지 모른다. 하지만 이제는 그러기 힘들었다. 더구나 양분이가 "동운이 오빠도 나빠!"라고 하면서부터는 많은 것이 달라지기 시작했다. 우리가 길에서 삼십 분쯤 떨었을 때였다.

"양분아!"

우선 동윤이의 톤이 변했다. 부드러움과 연민 같은 것은 제거되고 싸늘함만 남았고 그 싸늘함을 숨기느라 목소리가 갈라졌다. 그건 우리 엄마한테서 인내심이 바닥났을 때 일어나는 현상이기도 하다. 아, 우울해! 그러면 아빠도 나도 맥을 못 추고 쥐구멍을 찾아 숨기 바빴다. 동윤이가 내 앞에서 그렇게 널브러지는 것을 보는 것 같았다. 어쩌면 내가 원하는 것이었는지도 모르겠다. 난 분명히 원했다. 하지만 동윤이를 진짜 좋아하는 것도 사실이다.

그렇게 다시 삼십여 분이 흘렀다.

한 사람은 버티고, 한 사람은 달래다 지치고, 또 다른 한 사람인 나는 너무 추워서 쪼그리고 앉아 하늘의 별에다 대고 마구 삿대질을 퍼부었다.

"별이 아름답다는 건 다 뻥이다. 개코 같은 소리다!"

또 이런 욕도 쏘아 올렸다.

"나는 똥이 오래되어 화석으로 변한 게 별이라고 생각한다!"

무심코, 되는 대로 아무렇게나 지껄인 말이지만 내게는 아주 말이 안 되는 소리는 아니다. 콕 찍어 말하기는 어렵지만 별은 똥이고 똥은 별이 맞는 것 같다.

그때였다.

"아, 춥잖아. 언제까지 이럴 거야! 응? 이 바보 멍충아!"

그렇게 소리친 것은 내가 아니라 동윤이다. 괜찮다 괜찮다 괜찮다던 동윤이가, 참고 참고 또 참던 동윤이가 성대 볼륨을 최대로 높인 채 악을 쓰고 분통을 터트렸다. 아마 하늘의 별들, 아니 똥들이 제일 먼저 놀라 자빠졌을 거다. 그다음이 작전이라는 그 동네 사람들 말고(할아버지 할머니 들은 귀가 어두우니까) 날마다 알을 낳는, 내가 소중하다고 보는 그 닭들이 아니었을까.

"이 바아보오머엉충충충······."

그 작은 마을의 무언가, 어쩌면 어둠일지도 모르는 것이 메아리를 만들어 순식간에 우리에게 되돌려 주었다.

이 바아보오머엉충충충······.

듣자 하니 그것은 나의 양심이 내는 소리였다. 나의 양심이 또 다른 나의 양심을 조롱하는 소리 같았다. 정말 이상한 순간 이상하게 맞닥뜨린 양심이 아닌가.

동윤이가 양분이를 이웃집 담벼락에다 처박듯이 밀어붙였다.

"안 들리니? 너 귀 처먹었니? 고막이 떨어져 나간 거야?"

그러면서 양분이의 몸을 잡고 마구 흔들어 댔다. 옆에 있던 나도 완전히 정신이 나가고 말았다. 나는 울며불며 동윤이한테 매달렸다.

"왜 이러니 동윤아, 저건 양분이지 윤리가 아니잖아, 정신 차려!"

그때 그렇게 나약하게 부서진 나를 거세게 밀어내는 손길이 있었다. 삼촌이었다.

"동윤아! 동윤아!"

삼촌은 동윤이를 양분이에게서 떼어 내고는 이상한 동작으로 목을 틀어쥐었는데 그것이 끌어안은 것인지 아니면 작은 체구로 말만 한 덩치를 제압하기 위한 헤드록인지는 분명하지 않다. 어쨌거나 동윤이는 저항하지 못했고 잠시 후에는 "귀만 먹은 게 아니라 눈까지 어두운가 봐요."라고 하더니 힘없이 양분이 옆 길바닥에 주저앉았다. 그런 동윤이의 손을 잡으면서 "괜찮아?"라며 제일 먼저 위로를 건넨 것은 놀랍게도 양분이였다.

19

내가 내 이야기를 할 때와 남이 내 이야기를 할 때

삼촌은 양분이의 불가항력적 고집을 단숨에 제압해 버렸

는데 우리가 알지 못하는 새로운 비법 같은 게 따로 있었던 것은 아니다. 삼촌이 선택한 방법은 속임수, 일종의 거짓말이다. 내가 자초지종을 간단히 설명하자 삼촌이 양분이 손을 잡고 말했다.

"영분아, 여자가 남자를 좋아해서 애인이 되려면 스물여덟 살이 될 때까지 기다려야 하는데, 영분이 그렇게 할 수 있어?"

그 순간 양분이의 이름이 양분이가 아니라 영분이라는 것을 처음 알았다.

"수물여덜 살? 수물여덜 살이 되려면 얼마나 있어야 돼?"
"스물여덟 살은 이렇게 기다리면 와."

삼촌이 손가락을 꼽아 보였는데 몇 번이었는지는 미처 세어 보지 못했다. 양분이가 마침내 고개를 끄덕였다. 순식간에 목소리도 명랑하게 밝아졌다.

"그럼 나 수물여덜 살 되면 애인 있어도 돼?"
"그럼. 하지만 꼭 동윤이가 애인이 되는 것은 아니야, 동윤이 오빠와 상진이 오빠와 영분이는 서로 친구야, 알겠니?"
"응, 알았어. 동운이 오빠 알았으니까 이제 울지 마."

양분이가 동윤이 코밑에다 얼굴을 들이대며 말했다. 동윤이는 더 큰 소리로 울었다. 그렇게 바보 양분이의 진심은 바보가 아닌 우리들에 의해 안전하게 없었던 일이 될 수 있었다. 양분이는 아무 불만도 표하지 않았다.

"영분이 집에 가자."

삼촌이 양분이를 앞세웠다. 양분이는 딩글딩글 걸어갔다. 하지만 잠시 후에 돌아보더니 이런 말을 남겼다.

"난 상진이 오빠랑은 친구 안 할 거야. 동운이 오빠하고만 친구 할 거야."

삼촌은 "그래, 그래, 알았다."고 하면서 양분이를 어둠 속으로 밀어 넣었다. 양분이 목소리가 더는 안 들리자 긴장이 풀리면서 다리가 후들거렸다.

"살았다!"

나도 모르게 내 입에서 그런 소리가 나왔다.

삼촌과 함께 우리는 식당 홀에 마주 앉았다. 삼촌이 주방을 뒤지더니 먹다 남은 소주를 내왔다. 주방장 아줌마가 고등어조림에 넣으려고 땄던 것인데 술이 8부가량 들어 있었다. 삼촌은 우리 앞에 한 잔씩 따라 놓고 나머지는 자기 입에다 병째 들이켰다. 심각한 건 우린데 삼촌이 왜 저러나 싶을 때였다.

탁!

순식간에 잔을 털어 버린 동윤이가 갑자기 삼촌이 물고 있던 병을 빼앗고는 빨기 시작했다. 에이 씨, 하더니 술병을 벌컥벌컥 비웠다.
"아, 그 자식 참!"
삼촌은 입맛만 다실 뿐 동윤이를 어쩌지 못했다. 사실 소주 한 잔으로는 동윤이도 나도 간에 기별이 안 간다. 수학여행 가서 제일 많이 마셨는데 그때 내 주량이 한 병 반쯤 된다는 것을 알았다. 동윤이가 병을 다 비우고 나자 갑자기 침묵이 찾아왔다. 그러다 언제쯤인가 나도 모르게 내 안에서 울음이 터져 버리고 말았다.
"이건 엄마 아빠한테 절대 비밀인데요……."
나는 이 해프닝이 어디서 시작되었는지를 설명하기 시작했고 얼마 지나지 않아 내 가슴속 돌멩이에 관해서까지 다 털어놓고 말았다. 돌멩이가 있는 게 너무 괴로워 양분이를 통해 짓궂은 장난을 친 것 같다고 말했다. 내가 윤리한테 맞은 이야기를 할 때는 동윤이도 중간중간 자기 것을 덧붙였다. 그때서야 나는 동윤이가 고민하는 요지를 제대로 이해할 수 있었다.
"윤리는 나에게 어떤 편견을 가지고 있는 것 같았어요. 함부로 건드려도 항의할 아버지가 없다는 것을 알았을까요? 그게 아니라면 상진이를 때릴 때와는 다른 힘으로 저를 쳤을 리 없잖아요. 난 그게 너무 힘들었어요."
동윤이가 그렇게 말했을 때였다. 삼촌이 잠깐, 하고 이야기를 끊더니 이상하다며 고개를 갸웃거렸다.

"그러니까 상진이 너는 윤리 선생한테 맞았던 것이 원인이 되어 영분이를 괴롭혔다는 것이고 동윤이 너는 윤리 선생이 상진이보다 더 힘껏 너를 때렸기 때문에 괴로웠다는 것이구나, 그런 거니?"

"그게……. 꼭 그런 뜻은…….."

우리는 동시에 손을 내저으며 삼촌 말을 부정했다. 뭐랄까. 윤리 선생한테 맞았던 것이 원인이 되어 양분이를 괴롭혔다는 것은 분명히 내가 했던 이야기고 내가 생각했던 내용이며 내가 믿어 왔던 것인데 삼촌이 그렇게 칼처럼 정리해서 말하니까 왠지 모르게 거부감이 왔다. 내가 내 이야기를 할 때와 삼촌이 내 이야기를 요약할 때의 느낌이 달라도 너무 달랐다. 마치 양분이가 아닌 영분이를 양분이라고 잘못 알았다는 것을 처음 깨달았을 때와 유사한 기분이었다.

나는 무엇보다 억울한 기분에 빠졌다. 동윤이도 그런 것 같았다.

"그렇게 말씀하시니까 꼭 윤리 선생이 저보다는 상진이를 더 세게 때리기를 바랐다는 것처럼 들리는데 전 결단코 그렇게 생각해 본 적은 없거든요."

"그렇다면 처음부터 인과 관계를 다시 생각해 보는 게 낫겠다, 그렇지 않니?"

"그게 무슨 말씀이세요?"

"나는 상진이 네가 윤리 선생한테 맞은 건 맞은 거고 영분이를 괴롭힌 것은 괴롭힌 것이라고 본다. 네가 영분이를 괴롭힌 것은 네가 그렇게 한 것인데 그것이 어쩌다가 윤리 선생 탓으로 둔갑하고 말았냐? 이상하지 않니?"

그 말을 남기더니 갑자기 삼촌은 자리에서 일어났다. 처음에는 술을 더 가지러 가나 싶었는데 "뒷정리 잘 하고 나와라."는 것으로 보아 그게 아닌 것 같았다. 동윤이와 나는 동시에 일어나 삼촌의 팔을 잡아당겼다.

"우리는 지금 비밀을 처음으로 털어놓은 거라구요. 듣기만 하고 그냥 가시면 어떻게 해요. 조금 더 삼촌 말씀을 듣고 싶어요."

"오늘 제가 저지른 짓을 삼촌한테라도 용서받아야 잠이 올 것 같아요. 제발요."

그러자 삼촌은 마치 할머니가 주방장 아줌마 좀 어떻게 해 보라며 붙잡고 늘어지던 생쌀 아줌마의 손가락을 하나하나 떼어 냈듯이 우리들의 손길을 단호하게 뿌리치는 게 아닌가.

"뭘 더 어떻게 해? 난 다 이야기했는데. 너희들은 지금까지 잘해 왔고 앞으로도 그럴 거라고 믿는다. 더 대화를 나누고 싶다면 둘이 머리를 맞대 봐라."

그러고는 바람처럼 휙, 하고 나가 버리는 게 아닌가. 와! 진짜!

둘만 남자 우리는 매우 황당한 기분에 빠졌다. 어른이 되어 어떻게 저렇게 무책임할 수가 있나. 무슨 어른이 아이들 문제를, 그것도 결코 가볍다고 볼 수 없을 문제를 들어 놓고 한마디 멘트는커녕 위로조차 안 하는 걸까. 티브이나 신문에서도 말하지 않던가. 어른들한테 도움을 요청하라고. 사회가 나서야 하고 국가가 앞장서 해결해야 한다고. 신문도 안 보시나. 아이를 안 키워 봐서 그런가. 혼자 살았기 때문에 뭐가 뭔지 모르는 게 아닐까. 그래도 젊었을 때 아버지와 같이 몇 년 동안 고시 공부를 했다는데……. 저렇게 무책임하니까 사법 고시에서 떨어진 건가.

그때 울먹이는 목소리로 동윤이가 말했다.

"얼마나 실망을 하셨으면 저럴까?"

나는 그 말에 벌컥 하고 말았다.

"어른이 혼낼 일이 있으면 따끔하게 혼내면 되지 실망해서 방치한다는 게 말이나 되냐?"

그런데 일 분, 이 분 시간이 흐르자 참 실망을 할 만도 하다는 깨달음이 왔다. 오랜만에 함께 지낸 조카에게 실망이 커서 공연히 심한 말로 기분을 상하게 하느니 차라리 몸을 뺀 것인지도 모른다. 그런 생각 때문일까. 우리는 티격태격

하기 시작했다.

"넌 내가 더 세게 맞아서 내 이빨이 팍 나갔어야 한다고 보지? 그런 거지? 나쁜 새끼!"

"너는 어떻고! 내가 죽 지켜봤는데 네가 양분이를 괴롭힌 건 네 인간성이 못돼서 그런 거지 결코 다른 누구 탓이 아니야."

"그래? 너는 친구를 위해 정의롭게 행동하다 다치고 나는 싸가지 없는 잘못을 해 놓고도 멀쩡해서 졸라 미안하다."

"누가 그렇대?"

"그럼 왜 맨날 윤리가 누굴 더 세게 때렸는지 그걸 문제 삼는 건데? 너 은근히 진짜 골 때린다."

"그게 도대체 무슨 상관인데, 정의로운 거랑 누가 더 세게 맞았는지가 무슨 상관이냐고?"

"네 말은 잘못한 사람은 더 세게 맞고 덜 잘못한 사람은 가볍게 맞아야 한다, 뭐 그런 거잖아. 아니, 넌 아예 잘못한 게 없지. 친구가 맞는 걸 보고 정의롭게 나서서 항의한 것을 잘못했다고 볼 수는 없으니까. 나야! 나만 죽일 놈인 거지."

"이상진! 함부로 매도하지 마. 나 절대 그런 거 아니야. 네가 더 잘못했다고 쳐도 맞아야 한다면 나는 너보다 더 맞아 줄 수 있어. 나는 너 대신 맞아 줄 수도 있어."

갑자기 나는 주춤하여 공격을 멈추었다. 놈이 그렇게 말할 줄은 예상하지 못했다. 내 대신 맞아 줄 수도 있다니. 아니, 이미 그렇게 하지 않았나. 나는 혼란이 왔다. 그래서 무심결에 반응한 말이 이랬다.

"왜? 왜, 네가 내 대신 맞아야 하는 건데?"

"친구니까."

"친구?"

"넌 아니야? 넌 내가 곤경에 빠져 내 대신 맞아야 할 일이 있으면 그렇게 안 할 거야?"

"미쳤냐? 네 대신 내가 왜 맞아, 왜?"

나는 놈의 턱밑에 내 얼굴을 들이대고 박박 악을 써 댔다. 농담이 아니다. 약 올리려고 하는 말은 더더욱 아니다. 나는 진짜 맞을 수 없을 것 같다. 그뿐이 아니다. 국가적인 어떤 일로, 군대 같은 데 갔는데, 누가 나를 고문하며 불라고 하면 나는 불어도 되는 건지 아닌지 따지지도 않고 다 불어 버릴 것 같다. 그러니 내가 어떻게 너 대신 맞아 준단 말이냐.

"나쁜 자식! 난 진짜 그럴 수 있는데. 친구도 아닌 새끼!"

동윤이가 중얼거렸다. 잠시 후에는 "그래? 그런 거였구나. 그런 거였어. 나만 착각한 거네. 그동안 네가 친구라고 생각해서 비밀 이야기도 서슴없이 다 했는데. 듣고 보니 되게 창피하네." 했다. 아, 미친 꼴통 새끼! 또라이 새끼! 도대체 누가 누구 대신 뭘 어떻게 한다는 게 가능하기나 해? 그게 말이나 되는 소리야?

"미친놈!"

나는 그렇게 되뇌었지만 무언가 확 꺾인 느낌이었다. 내가 나무라면 가지가 꺾이고 뿌리가 뽑힌 거나 마찬가지인 상황이다.

나는 코를 훌쩍이며 앉아 있었다.

나는 동윤이랑 왜 이렇게 다른가. 한 점이고 싶은데, 같은 좌표에 위치하고 싶은데 놈은 언제나 내가 따라갈 수 없는 곳에 서 있다. 내가 범접할 수 없는 높은 곳에 서서 나더러 왜 거기로 올라오지 않는 거냐며 나를 원망한다. 그러니 내가 놈을 어떻게 좋아할 수만 있을까. 어떻게 미워하지 않을 수 있을까.

"미안하다, 개새끼야!"

나는 그렇게 말하고 벌떡 일어나 식당을 나와 버렸다.

20

내 마음속 의자

아침에 청소를 정말 열나게 했다. 그 무엇에 대한 결심처럼. 마을 회관 전체가 말끔해졌다. 마지막으로 대걸레를 빨아서 적당한 곳에 세워 놓고 나는 식당으로 들어갔다. 양분이는 테이블을 닦고 있었다. 내가 인사를 건넸더니 "홍!" 하면서 고개를 돌렸다.

나는 주방에서 죽 냄비를 젓는 동윤이한테 다가갔다.
"자, 이거."

내가 내민 것은 쪽지라고 해야 할지 편지라고 해야 할지 애매한 것이었다. 녀석은 얼른 펴 보지 않았다. 나는 읽을 기회를 주기 위해 아줌마들이 준비해 놓은 것들을 나르기 시작했다.

"빙수맘이라는 아이디 정말 웃기지 않아요? 지난주에 등산 가서 찍은 사진 봤어요?"

"아, 저도 보면서 배꼽 빠져 죽는 줄 알았다니까요."

두 아줌마는 소란스러울 만큼 사이가 좋아져 있었다. 말을 하면서 서로의 어깨를 건드리는 게 꽤나 자연스러웠다. 가만히 들어 보니 그 이유가 짐작이 갔다. 알고 봤더니 같은 카페 회원이더라, 뭐 그런 내용 같았다. 전국 회원 수가 삼천팔백 명이 넘는다고 한다. 우리한테도 언제 들어와 보라며 주소를 가르쳐 주었는데 난데없게도 〈반자동 F4 카메라를 가지고 있는 사람들의 모임〉이라고 해서 완전 뜨악했다. 차라리 〈A4 용지 사용을 반대하는 사람들의 모임〉 같은 거나 만들지. 암튼 우리와는 반대의 노선을 걷고 있는 아줌마들이었다. 우리는 서로 같은 줄 알았다가 알고 봤더니 너무 달라서 충격을 받은 반면에 아줌마들은 서로 되게 다른 줄 알고 싸웠는데 실은 같은 유니폼을 걸친 이웃이었다.

의자를 정리하면서 슬쩍 봤더니 동윤이가 편지를 읽고 있었다. 갑자기 긴장이 되면서 나도 모르게 내가 쓴 그 편지를 떠올렸다.

동윤아!
나는 목에 칼이 들어와도 너 대신 맞겠다는 말은 못 한다. 나는 앞으로 내 몸으로 들어오는 그 어떤 폭력도 용납하지 않을 것이다. 하지만 너를 위해 다른 사람을 혼내 줄 수는 있을 것 같다. 누가 너를 괴롭히거나 해치려고 할 때 나는 기꺼이 너의 편에 서겠다. 평생 그렇게 하겠다고 약속할 수 있다.
—너의 친구 상진이가—

동윤이가 나보다 먼저 일어나 식당으로 갔다는 것을 알았을 때 부랴부랴 썼다. 몇 번 지우고 다시 써야 했다. 밤새 지옥을 헤매면서 동윤이를 위해 내가 뭘 할 수 있을까 궁리하다가 '나는 너 대신 맞지는 못하지만 너를 위해 다른 사람을 혼낼 수는 있다'라는 것을 생각해 냈다. 그것이 동윤이에 대한 나의 진심이라는 것을 알았을 때 나의 마음은 편안해졌다. 새벽에 잠들 수 있었던 것도 그 덕이다. 지금은 놈이 시시하게 받아들이는 건 아닌가 걱정이 앞서지만 끝까지 쓰고 전해 주길 잘했다는 생각은 든다. 그걸 접수해 주느냐 마느냐는 놈에게 달렸다.

무관심한 척 위장하며 일하다가 어느 순간 놈과 나의 눈이 마주쳤다. 그때 녀석이 손가락을 까딱까딱하며 나를 불렀다.

"야, 25세손! 이리 와 봐."

아, 미친 새끼! 하면서도 나는 달려갔다. 놈이 내 편지를 함부로 펄럭이면서 빈정거렸다.

"이런 싸가지 하고는!"

"뭐, 뭐가?"

"저는 안 맞겠다고 하면서 남은 때리겠다는 거잖아, 지금."

"야, 내가 어, 언제 그렇게 말했냐?"

"나를 위해 다른 사람을 혼낼 수도 있다는 게 때리겠다는 뜻 아니야?"

"그게 어떻게 그런 뜻이야? 에이, 이리 내놔!"

나는 편지를 도로 빼앗기 위해 발버둥 쳤다. 그렇다고 쉽게 빼앗길 동윤이도 아니다. 한참 소란이 있고 나서 편지는 세 조각으로 찢어졌다. 하지만 동윤이도 나도 그걸 아쉬워하지 않았다. 어차피 다 읽었으니까.

"내가 그렇게 좋냐?"

"미친놈! 누가 좋대?"

그러면서 두어 번 어퍼컷을 날렸더니 마음이 풀어졌다. 내 입장에서는 조금이 아니라 상당히 풀린 것 같다. 동윤이 마음을 알았고 내 마음도 전했으니 소원이 이루어진 것 같다고나 할까. 내가 윤리와의 사건에서 가장 겁을 먹었던 게 혹시 녀석을 잃는 것에 대한 두려움이었을까. 그것 때문에 그토록 난리를 피우면서 청승스럽게 지랄을 떨었나. 내가 나 스스로에게 갖고 싶었으나 결코 가질 수 없었던 정당성의 문제, 혹은 펀치를 먹는 순간의 아픔, 그것이 고통의 정체 아니었나.

어쨌거나 오늘 아침, 나는 가뿐하고 상쾌하고 고맙다.

다시는 동윤이가 날 좋아한다는 것을 의심하지 않을 테다. 다시는!

"너네들 뭐 하니?"

주방장 아줌마가 시비를 걸어왔다. 다 봤나 보다.

"아흥, 요즘 애들이란!"

두 아줌마들이 동시에 몸을 떨었다. 유니폼 색깔뿐 아니라 사이즈도 맞춘 모양이다.

"요즘 애들이 뭐요?"

"잔말 말고 이거나 날라."

생쌀 아줌마가 물미 할아버지 채반을 건넸다. 동윤이한테는 죽을 계속 저으라고 지시했다. 물미 할아버지 집에 가면서 양분이한테 미안하다고 사과하려는데 요 맹추가 계속 "뭐가?" 하면서 장단을 못 맞췄다. 나는 동윤이와 나의 진정한 화해, 그것이 어디서 왔는지 알고 있었다. 속수무책이던 양분이의 진심 앞에서 내 자신이 그토록 초라해지는 경험을 하지 않았더라도 내 마음을 동윤이에게 제대로 전달할 수 있었을까. 아니, 동윤이가 먼저 자기 마음을 전해 오는 기적이 일어날 수 있었을까. 이를테면 우리는 바보를 모방하고 흉내 내면서 비로소 인간 합격자, 즉 인간다움에 도달하게 된 것 같다.

그러므로 나는 양분이한테 반드시 사과해야 한다.

"양분아, 오빠가 지금 사과할 테니까 잘 들어!"

하지만 양분이는 계속 딴짓이었다. 마치 그날 내 앞에 출현했던, 신성하기까지 했던 그 여자애가 꼭 자기(그것은 양분이가 아니라 영분이였을까)였던 것은 아니라고 말하는 것 같다. 나는 몇 번 더 시도하다가 담에 하지 뭐, 하고 포기해 버렸다. 마침 엄마가 전화를 걸어온 것도 포기의 원인이 되었다. 엄마는 내일 몇 시에 올라올지가 궁금한 모양이다.

나는 대충 대답하고 동윤이 전자사전 얘기를 꺼냈다. 수리비가 오만 원쯤 나올 테니 엄마가 책임져 달라고 당당하게 요구했다. 그런데 이 어머니께서 바로 이렇게 말씀하시는 게 아닌가.

"그걸 내가 왜?"

아, 진짜! 역시나 싶었다. "네가 저지른 일이니까 네가 책임지는 습관을 들여야 해."라는 말이 뒤따랐다. 결국 용돈에서 그것을 점점 깎아 나가자는 주장이다. 지금까지 비슷한 일들을 몇 번 겪었다. 그러면서 엄마는 다시 한 번 절약 정신을 강조했다. 나는 벌컥 했다.

"이게 절약 정신하고 무슨 상관이에요? 엄마가 말하는 절약 정신 진짜 이상한 거 알아요?"

정말 그랬다. 엄마는 언제나 어떤 기준을 무리하게 적용한다. 나는 엄마의 그런 태도가 아니다 싶을 때가 많지만 말발에서 달리다 보니 어쩔 수 없이 넘어가곤 했다. 하지만 이젠 아니다. 나도 마냥 당하고 살지만은 않겠다. 나는 살짝 꼼수를 동원했다.

"그럼 여기서 일하다 그런 거니까 할머니한테 부탁해 볼게요. 엄마는 절대 이런 거 해결해 줄 사람이 아니라고 하면 도와주지 않으시겠어요?"

"너, 너, 그러기만 해 봐."

"그럼 어떡해요. 끊어요."

나는 얼른 전화를 끊었다. 가끔 진짜 헷갈린다. 엄마가 원하는 것은 돈을 많이 모으는 것인가 아니면 절약 정신을 몸소 실천하는 것인가.

채반을 가지고 다시 식당으로 돌아왔을 때 식탁이 차려져 있었다.

식사를 하다가 옆자리를 내준 삼촌이 내가 앉자마자 물었다.

"너희들 다 싸웠니?"

힐! 주의력이라고는 없는, 아줌마들이 다 알아들을 수 있을 만큼 큰 소리였다.

"너희들 싸웠어? 하여간 요즘 애들이란!"

생쌀 아줌마가 손가락으로 너, 너, 하고 짚으면서 입을 삐죽거렸다. 나는 불만스럽게 삼촌을 쳐다보았다. 삼촌은 내가 뭘? 하는 표정이었다.

칫! 삼촌도 잘한 거 없는데.

하긴 우리 사이에 삼촌이 없었던 게 더 나았던 것 같기도 하다. 삼촌이 있었더라면 뭔가 다른 방향에서, 다르게 정리가 되었을 것이다. 나는 지금 이대로가 좋다. 무엇보다 동윤이와 내가 직접 쌓아 올린 우정 어린 탑에 관해 자부심이 생겼다. 우리 문제의 주인공이 우리라는 거, 그건 정말이지 특별한 기분을 동반한다.

"너희들 이야기를 듣고 한 가지 생각난 것은……."

삼촌이 뒤늦게 끗발을 올렸다. 게임 다 끝났는데.

어쨌거나 들어 보기는 해야겠다고 생각하면서 귀를 쫑긋 세웠다.

"누가 어떤 행동을 했을 때 다른 사람은 일반적인 기준에 맞추어 추측하지만 정작 본인은 그렇지 않은 경우가 있다는 거야. 이것일 거라고 믿었던 게 진짜 이유가 아니라 아주 우연한 것, 생각지도 못한 사소한 거, 그런 게 이유일 때가 있는 거거든. 가장 좋은 건 윤리 선생한테 직접 물어보는 건데……."

우리는 약속이라도 한 듯 입술을 삐죽 내밀었다. 삼촌이 확실하게 우리 편을 드는 것 같지 않아 서운했던 것 같다.

삼촌은 한술 더 떴다.

"그동안 너희들도 윤리 선생한테 할 만큼 하지 않았니?"

"그게 무슨 말씀이세요?"

"지금까지 윤리 선생을 너희들 마음속 의자에 앉혀 놓고 꾸짖고 때리고 욕하고 조롱하고 검토하고 심지어는 물 고문에 전기 고문까지 다 해 보았잖아. 아니야?"

"헉! 그걸 어떻게……."

몰래 저지른 범죄를 들킨 사람처럼 나는 확 오그라들었

다. 우리가 너무 움츠러들었기 때문일까. 삼촌은 "괜찮다. 그건 너희들이 순수하다는 증거니까."라며 위로인지 뭔지 모를 소리를 했다. 순수라는 말에 귀가 번쩍 트인 것은 사실이다.

"순수요?"

나는 채신없이 바로 헤헤거렸다. 〈인간 합격〉이라는 영화 정보 때문일까. 작전에 와서 들은 말 중에 가장 솔깃하고 듣기 좋았다. 나도 모르게 어깨가 올라갔다. 하지만 약 십 초가량 생각하고 났더니 순수라는 게 뭔가 나하고는 안 맞는다는 판단이 왔다. 삼촌이 괜히 나를 띄우는 것 같다. 어쩌면 동정일는지도 모른다.

"우리는 절대 순수한 애들은 아닌데."

동윤이가 말했다. 그러면서 놈은 그렇지 않으냐는 듯이 나를 쳐다보았다. 하, 자식! 꼭 그 말을 해요. 누가 봐도 우리 중에 순수하지 않은 건 난데. 녀석이 저까지 포함시켜 주는 척 물을 탔지만 고맙기는커녕 배알이 꼴린다.

"다른 사람을 앉힐 마음속 의자를 가지고 있는 것, 그게 순수한 거 아니겠니? 어른이 되면 거추장스럽다고 그걸 치워 버린다. 대신 거기다 돈이나 뭐 다른 물건을 올려놓지."

"아, 그래요?"

나는 다시 헤벌쭉 살아났다. 그런 게 순수라면 나와 아주

인연이 없는 건 아닌 것 같다.

"보리차가 없어요."

양분이가 빈 주전자를 가지고 소란을 피우는 바람에 대화는 거기서 중단되었다.

21
버스가 인간 합격 데드라인을 지워 나갔다

"양분아, 오빠가 다음에 내려올 때 뭐 사다 줄까?"

동윤이가 양분이한테 자상하게 물었다. 식당에서 아침 식사 중인 동네 어른들께 막 인사를 하고 나오던 참이다. 삼촌은 우리 가방을 경운기에 싣고 있었다.

"핸드폰, 나도 핸드폰 갖고 싶어 동운이 오빠."

클클. 끝까지 착한 오빠 버전을 유지하려다 체면에 구김살 생기고 말았다. 긍정도 못 하고 부정도 못 한 채 당황하는 동윤이 꼴을 보니까 속이 다 시원하다.

"그건 너무 비싸서 안 되고 다른 거."

"싫어, 난 핸드폰이 좋아."

"그래, 아, 알았어."

알기는 개뿔이!

우리는 나란히 경운기 뒤 칸에 올라탔다.

"담에 또 오니라. 친구들 마이 딜고 와도 된다."

할머니 말이었다. 눈물 콧물 흘리시면 어쩌나 하던 우려는 완전한 착각이었다. 할머니는 슬픈 기색은커녕 할 말 못 할 말 다 하신다.

"너그 아배한테는 할무니가 한 개도 안 보고 싶어 허더라고 전해라."

동윤이한테 살짝 창피하다는 생각이 들어 나는 얼른 말을 돌렸다. 농담 반 진담 반으로 암탉 한 마리가 갖고 싶다고 했는데 그게 더 쪽팔리는 결과를 낳을 줄이야.

"시끄럽고 냄시난다고 너그 아배가 모가지를 틀어 비릴 낀데 뭐할라고?"

헉! 결국 안녕히 계시라는 말만 진심으로 남겼다.

탈탈탈탈······.

드디어 경운기가 출발했다. 함창까지만 가면 되도록 시간을 맞추었다.

"와, 신 난다!"

나는 팔을 벌리며 바람을 맞았다. 동윤이랑 둘이 타니까 혼자 탔을 때와는 기분이 달랐다. 추운 게 아니라 재미있다. 그러다 보니 삼십여 분이 아쉽게 지나갔다. 마치 작전에서의 며칠이 꿈같이 흘러가 버린 것처럼.

"옛다, 표!"

"고맙습니다."

삼촌이 끊어 준 버스표를 받아들고 우리는 둘 다 진심으로 머리를 조아렸다. 차비가 굳은 것이다. 나는 차비 몫으로 챙겨 두었던 이만 원을 동윤이에게 몰래 주면서 액정 값의 일부이고 나머지는 집에 가서 갚겠다고 했다. 요 버터남이 그걸 또 날름 받아서 주머니에 넣었다. 그러자 내 마음은 그 돈이 아깝다며 비명을 질러 대는 게 아닌가.

삼촌은 수능 시험 끝나고 꼭 놀러 오라면서 우리를 껴안았는데 우리가 삼촌을 안은 것인지 삼촌이 우리를 안아 준 것인지 모호했다. 동윤이는 아부성 발언도 서슴지 않았다.

"상진이랑 상관없이 아무 때나 저 혼자 불쑥 찾아뵈어도 괜찮을까요?"

"그럼, 그럼."

삼촌은 웃으면서 "여기 와서 살아도 된다." 하더니 동윤이 등을 토닥토닥 쳤다. 나만 왕따당한 기분이었다. 나는 피붙이인데도 그런 식으로 말해 본 적 없는데 저 얌체가 선수를 치다니.

"그동안 감사했습니다. 오래 못 잊을 것 같습니다."

"조심해서 올라가고 부모님께 안부 전해라."

그렇게 마지막 인사를 건네고 버스로 올라갔다. 맨 앞자리가 비어 있어서 거기 앉았다. 차가 출발할 때 저 멀리 슈퍼 옆에 정물처럼 가만히 서 있는 삼촌을 보았는데 기분이 이상해졌다. 특히 무표정하게 굳어 있는 얼굴에 신경이 쓰였다. 생각했던 것보다 더 늙고 작고 초라해 보이는 시골 남자가 자신만큼이나 허름한 간판 옆에 서 있었기 때문이다.

눈을 깜빡하고 다시 봤더니 정물화 속 삼촌은 점점 작아지고 있었다. 작전에서 본 빛나는 그 삼촌은 누구이며 작고 초라한 저 사람은 또 누구인가. 나는 공연히 그 삼촌이 그리워서 그를 부르는 기분으로 손을 흔들어 댔다. 삼촌이 그런 나를 보았는지는 알 수 없다.

기인도라는 집안의 칼, 나라의 문화재는 기계적으로 이등분되었다. 하지만 뭔가가 그 주인에게, 혹은 그 곁에 살아남았다는 것을 알겠다. 삼촌은 그 칼의 진정한 주인일까.

나중에 삼촌이 그걸 나에게 물려준다면 고맙게, 자랑스럽게 받겠다.

나는 그 칼로 뭘 해야 할지 알 것 같다. 교사가 될 수 있든 그러지 못하든 나는 언젠가 식당을 열 것이다. 축구 얘기는 할 수도 있고 안 할 수도 있다. 대신 무지무지 맛있는 음식, 한 번 먹으면 절대 잊을 수 없는 음식을 만들어야겠다. 그렇게 부엌칼의 쓰임새를 찾는 것, 그것이 우리 집안의 운명이 되었다고 나는 생각한다. 운명은 어떤 거창한 원인에 의해서가 아니라 형제의 싸움을 말리던 열받은 어머니가 문화재를 댕강 이등분해 버리는 것을 통해 결정 나기도 한다. 중요한 것은 그 칼을 잡는 사람은 결코 아무것도 아니어서는 안 되지만 반드시 이러저러해야 한다고 못을 박는 것도 이상하다는 것이다. 이 세상에 아무것도 아닌 사람은 없다.

인간 합격 데드라인…….

우리는 늘 뭔가를 약속하고 법을 세우지만 밥물 붓는 법, 카레 사용법 같은 것조차 싸움거리가 되는 세상이다. 밥을 먹는 사람은 가볍게 여길 수 있지만 밥하는 사람은 심각하다. 앞으로는 인간 사용법이 세세하게 등장할는지도 모른다. 두 명의 아들에게 칼 한 자루를 공평하게 상속해야 하는 문제가 존재하는 한 그렇다. 달리 보면 칼 한 자루를 누가 상속받아야 하는가의 문제이다. 그렇다. 이것은 칼이 아니라 사람에 관한 문제다. 밥물 붓는 법, 카레 사용법이 아니라 그것을 행하는 사람들의 문제라는 뜻이다.

아무래도 반칙을 한 것은 우리 아버지 같다.

그리고 윤리 선생……. 그는 어떤 경우에도 폭력은 안 된다는 규칙을 어겼다. 요즘 아이들의 막돼먹은 성격에 발끈해서. 하지만 막돼먹은 아이는 없었다. 요즘 아이들은 다 막돼먹었다고 미리 결론을 내려 놓은 게 문제다. 나에게 부족한 게 있었다면 양분이 식의 솔직함이 아닐까. 지금까지 나는 지나치게 새끼줄만 꼬고 살았다. 좋은 걸 좋다고 할 수 있는 단순성을 잃어버렸다. 인간 합격 데드라인에 대해 지금 내가 생각할 수 있는 것은 여기까지인 것 같다.

다시 처음으로 돌아가 질문해 본다.

나는 괜찮은 사람일까.

선생님 말을 잘라먹고 정의롭지는 못해도…… 내 안에 타인을 앉힐 마음속 의자가 있는 한 나는 절대 데드라인 밖으로 밀려나지 않을 자신이 있다. 정의로울 수 있는 기회는 앞으로 얼마든지 있을 테니까. 난 이제 겨우 열아홉 살인걸.

내 생각에 동의라도 하듯 우리가 탄 버스가 길에서 뭔가를 지워 나가는 것처럼 보였다. 맨 앞자리여서 똑똑히 볼 수 있었다. 나는 그것이 인간 합격 데드라인이라고 생각한다. 원래는 없지만 필요할 때마다 우리 내면에 들어와 경종을 울리고 사라지는 것! 종을 치는 것은 의자에 앉은 그 사람이 아닐까. 이제 나는 데드라인을 지우고 버스도 그것을 지운다.

아마도 몇 년 뒤에는 또 다른 데드라인이 무지개처럼 나타나 내 마음을 사로잡을 것이다. 그러면 나는 또 누군가를 고문하고 때리고 사랑하고 울리며 검토하게 되겠지. 자기 할 일을 다 마친 데드라인이 저 스스로 경계를 허물고 내 앞에서 사라질 때까지 말이다.

그때였다.

휴대폰이 진동해서 봤더니 '압빠'라는 글자가 떴다. 가슴이 철렁 내려앉으면서 숨이 탁 막혔다. 게다가 이 절묘한 타이밍은 뭘 의미하는 걸까.

"상진아."

"네, 아빠."

"너 이눔 자식! 지금 어디야?"

"집으로 돌아가는 길이에요."

"확실하니?"

"네."

"알았다, 그럼 저녁에 보자."

그러고는 전화가 끊어졌다. 헐! 나는 죽었다고 엄살을 부려 댔다. 기분 좋았는데 갑자기 먹구름이 몰려오는 느낌이다. 엄마한테 전화했더니 괜찮으니까 아무것도 걱정하지 말라고 한다.

"엄마가 다 막아 줄게. 설마 죽이기야 하겠니?"

지금 그걸 말이라고 하시나. 설마가 사람 잡아먹는 걸 두 눈으로 똑똑히 확인했던 난데.

"어떡하지?"

당황하여 안절부절못하는데 옆에 시무룩하게 앉아 있던

동윤이가 말했다.

"그래도 야구 빳따보다는 나을 거다."

나는 동윤이를 물끄러미 바라보다가 "너 그거 해결 방법 간단해. 기회를 봤다가 엄마 손을 확 제지해 버려."라고 조언했다. 지금까지 선생님 말을 잘랐던 것을 그토록 후회하고 반성했건만 잊어버린 건 둘째치고 아예 동윤이한테 가르치고 있었던 것이다. 난 가망 없는 아이일까. 그랬는데 동윤이는 또 동윤이다워서 "어떻게 그래, 좌절감 느끼게. 때리면 맞아야지." 하고 대답하는 거였다. 에혀, 친구 대신 맞아 주고 엄마라서 맞아 주고⋯⋯. 네 몸은 남아나질 않겠구나! 나는 울적한 기분이 들어 창밖으로 고개를 돌렸다. 내 마음을 알아차린 걸까. 목소리를 명랑 버전으로 깔면서 동윤이가 파이팅을 걸었다.

"우리 둘 다 지금부터 시작인 거야."

"뭐가?"

"죽는 거."

"그게 그렇게 좋으냐?"

"이건 좋고 나쁜 게 아니라 용기가 필요한 일이야. 우리가 뭔가 새로운 경험을 한 것 같지만 세상은 여전히 그대로고 결국은 '나는 이제 어떻게 해야 하는가'의 문제로 다시 돌아가는 거라고."

"그래, 죽으라면 죽자!"

"죽자!"

우리는 죽음을 앞둔 게 신 나기라도 하듯 하이파이브를 주고받았다.

| 작가의 말 |

기억에 남아 있는 어릴 적 장면 하나.

비탈진 논에 심은 벼가 가뭄에 바싹바싹 타들어 간다. 할아버지는 양수기를 대여해서 물을 끌어 올리자는 주장이고 아버지는 손익 계산을 하더니 그러면 남는 게 없다며 반대하고 있다. 다음 날 비싼 값에 양수기를 빌려 논에 물은 댔지만 할아버지의 승리라고 보기에는 께름칙함이 남았다. 열받은 아버지가 농사를 안 짓겠다며 도시로 떠나 버린 것이다.

1970년대 당시 대부분의 가장들이 경제화 대열에 합류해 티브이를 장만하고 냉장고를 사는 데 열을 올리고 있을 때 나의 할아버지가 심혈을 기울인 것은 난데없게도 한시 습작이었다. 이른 아침에 눈을 뜨면 할아버지의 글 읽는 소리가 잔잔히 들려오곤 했다. 또렷하고 유창한 발음으로 끈기 있게 읽어 나가면서 소위 그루브를 잘 타다가 가끔씩 입을 다문 채 음음, 하고 늘어지면서 가늠하기 힘든 웅얼거림으로 뒤바뀌는 순간이 있었는데 나는 그럴 때마다 정신이 명징해지면서 기분이 좋아졌다.

그 행복은 오래가지 못했다.

어느 날 아침부터 동네 스피커로 새마을노래가 방송되었다. 산자락을 찢고 나뭇가지를 부러뜨릴 것 같은 기세였다. 자연히 나의 조용한 아침도 사라지고 말았다. 당시에는 뭐가 뭔지 몰랐다. 두 개의 이질적인 세계가 있었는데 하나는 죽고 하나는 살아남았다는 것을 알지 못했다. 어느 쪽이 살아남았느냐고? 수수께끼는 바로 그거다. 아침 명상을 방해하던 새마을노래를 두고 그 어떤 불만을 가진 적도 없건만 죽어버린 것은 그 노래였다. 나의 내면에서 소리 소문 없이 조용히 일어난 일이다.

이것은 어디까지나 나의 개인사에 속한다. 사람에 따라 살리고 죽이는 것이 다를 것이다. 그 '다름'에서 개인의 가치가 탄생한다. 시간이라는 지층까지 감안해서 보면 사람마다 서로 얼마나 다르며, 세상에는 또 얼마나 다양한 가치가 존재하겠는가.

이 소설의 주인공 동윤이와 상진이는 판단하기보다 끊임없이 질문하며 내면적인 다양성에 접근해 간다. 동윤이가 세상에 난무하는 무수한 정답과 상식을 대변한다면 상진이는 동윤이가 되기를 꿈꾸는 동시에 동윤이를 배반하고 전복하려 든다. 이 두 아이가 서로에게 몹시 끌리는 것은 당연한 게 아닐까. 마음이라는 것은 이웃한 사람과 끝없이 교섭한 산물로써, 서로에게 기준으로 작용하면서 저도 모르는 사이 생겨났다가 언제인가 싶게 다시 사라지기 때문이다. 서로 함께하는 과정에서 다양성을 기정사실로 받아들일 수 있다면 타인을 인정하기란 훨씬 쉬울 거라고 본다.

출판 시장이 나날이 어려워진다는 지금은 작가에게 특히 어려운 시기이다. 그 옛날 아마 나는 할아버지 편을 들었던 것 같다. 기억 속에다 "나락이 내 눈앞에서 꼬들꼬들 말라가는 판에 무신 돈 소리를 꺼내고 난리랴?" 하는 말씀을 은밀히 저장해 둔 걸 보면 말이다. 나는 할아버지의 시대착오를 오롯이 반복하고 있는 건 아닐까. 늘 그 생각에 시달린다.

《인간 합격 데드라인》의 출간을 맡아 주신 시공사 편집진께 심심한 감사의 마음을 전한다.

2013년 봄, 따뜻한 햇살을 그리워하며
남상순

■ **시공 청소년 문학** ■ 중·고등학생 이상 권장 도서

1 아빠는 아프리카로 간 게 아니었다 마르야레나 렘브케 지음 | 이은주 옮김 | 156쪽 | 7,500원
한우리 권장 도서 · 책교실 추천 도서

2 안데스의 비밀 앤 놀란 클라크 지음 | 공경희 옮김 | 188쪽 | 7,500원
뉴베리 상 수상 · 책교실 추천 도서 · 경기도교육청 추천 도서 · 서울시교육청 전자도서관 추천 도서

3 열네 살, 그 여름의 이야기 마르티나 빌드너 지음 | 문성원 옮김 | 312쪽 | 8,500원
페터 헤르틀링 상 수상 · 책교실 추천 도서 · 경기도교육청 추천 도서 · 서울시교육청 전자도서관 추천 도서

4 세상 끝 외딴 섬 유대인 자매 이야기 1부 아니카 토어 지음 | 임정희 옮김 | 356쪽 | 8,500원
독일 아동청소년 문학상 수상 · 어린이문화진흥회 선정 도서 · 밀드레드 L. 배철더 상 수상

5 연꽃 연못가에서 유대인 자매 이야기 2부 아니카 토어 지음 | 임정희 옮김 | 292쪽 | 8,500원

6 소중한 사람들 유대인 자매 이야기 3부 아니카 토어 지음 | 임정희 옮김 | 300쪽 | 8,500원

7 또 다른 세상으로 유대인 자매 이야기 4부 아니카 토어 지음 | 임정희 옮김 | 336쪽 | 8,500원

8 빛은 어떤 맛이 나는지 프리드리히 아니 지음 | 이유림 옮김 | 300쪽 | 8,500원 | 아침독서운동 추천 도서

9 비밀의 시간 마르야레나 렘브케 지음 | 김영진 옮김 | 168쪽 | 7,500원
오스트리아 아동청소년 문학상 명예 도서 · 어린이도서연구회 권장 도서

10 돌이 아직 새였을 때 마르야레나 렘브케 지음 | 김영진 옮김 | 132쪽 | 7,500원
오스트리아 아동청소년 문학상 수상 · 한우리 권장 도서 · 아침독서운동 추천 도서 · 청소년출판협의회 추천 도서

11 함메르페스트로 가는 길 마르야레나 렘브케 지음 | 김영진 옮김 | 204쪽 | 7,500원
한국간행물윤리위원회 청소년 권장 도서 · 아침독서운동 추천 도서
어린이도서연구회 권장 도서 · 전국학교도서관담당교사모임 추천 도서

12 난 버디가 아니라 버드야! 크리스토퍼 폴 커티스 지음 | 이숙숙 옮김 | 304쪽 | 8,500원
뉴베리 상 수상 · 전국학교도서관담당교사모임 추천 도서 · 경기도교육청 추천 도서
서울시교육청 전자도서관 추천 도서

13 차가운 물 요아힘 프리드리히 지음 | 김영진 옮김 | 448쪽 | 9,500원
독일 아동청소년 문학상 추리 부문 수상 작가

14 검정새 연못의 마녀 엘리자베스 조지 스피어 지음 | 이주희 옮김 | 348쪽 | 8,500원
뉴베리 상 수상 · 미국도서관협회(ALA) 선정 주목할 만한 책
어린이도서연구회 권장 도서 · 경기도교육청 추천 도서 · 서울시교육청 전자도서관 추천 도서

15 드럼, 소녀 & 위험한 파이 조단 소넨블릭 지음 | 김영선 옮김 | 288쪽 | 8,500원
아침독서운동 추천 도서 · 책따세 추천 도서 · 전국학교도서관담당교사모임 추천 도서 · 경기도교육청 추천 도서
서울시교육청 전자도서관 추천 도서

16 푸른 눈의 인디언 전사 타탕카 버질 포츠 지음 | 임정희 옮김 | 536쪽 | 10,000원
부산시교육청 청소년 독서능력 경진대회 선정 도서 · 경기도교육청 추천 도서 · 서울시교육청 전자도서관 추천 도서

17 한 광대가 자란다 요나스 가르델 지음 | 임정희 옮김 | 372쪽 | 9,000원 | 어린이문화진흥회 선정 도서

18 마지막 재즈 콘서트 조단 소넨블릭 지음 | 김영선 옮김 | 288쪽 | 8,500원 | 한국출판인회의 선정 도서
어린이도서연구회 권장 도서 · 경기도교육청 추천 도서 · 서울시교육청 전자도서관 추천 도서

19 황금나무 박윤규 지음 | 116쪽 | 7,000원

20 깡마른 마야 코슈카 지음 | 이정주 옮김 | 106쪽 | 7,000원 | 전국학교도서관담당교사모임 추천 도서

21 삶이 먼저다 안느 마리 폴 지음 | 이정주 옮김 | 140쪽 | 7,500원 | 어린이문화진흥회 선정 도서

22 킬리만자로에서, 안녕 이옥수 지음 | 232쪽 | 8,000원
어린이문화진흥회 선정 도서 · 대한출판문화협회 선정 도서 · 아침독서운동 추천 도서
전국학교도서관담당교사모임 추천 도서 · 국립어린이청소년도서관 사서 추천 도서 · 경기도교육청 추천 도서
서울시교육청 전자도서관 추천 도서

23 왓슨 가족, 버밍햄에 가다 크리스토퍼 폴 커티스 지음 | 정회성 옮김 | 320쪽 | 8,500원
뉴베리 아너 상 수상 · 코레타 스콧 킹 아너 상 수상 · 골든 카이트 상 수상
퍼블리셔스 위클리 최고의 책 · 청소년출판협의회 추천 도서 · 전국학교도서관담당교사모임 추천 도서
미국도서관협회(ALA) 청소년을 위한 최고의 책 · 경기도교육청 추천 도서 · 서울시교육청 전자도서관 추천 도서

24 횃불을 든 사람들 로즈마리 서트클리프 지음 | 공경희 옮김 | 420쪽 | 9,500원
카네기 상 수상 · 어린이문화진흥회 선정 도서

25 하늘에 던지는 외침 구마가이 다쓰야 지음 | 권남희 옮김 | 372쪽 | 9,000원
어린이문화진흥회 선정 도서 · 아침독서운동 추천 도서

26 열일곱 살 아빠 마거릿 비처드 지음 | 햇살과나무꾼 옮김 | 256쪽 | 8,000원
북새통 우수 도서 · 어린이문화진흥회 선정 도서 · 아침독서운동 추천 도서 · 어린이도서연구회 권장 도서
미국도서관협회(ALA) 청소년을 위한 최고의 책 · 스쿨 라이브러리 저널 올해 최고의 책
전국학교도서관담당교사모임 추천 도서

27 키스 재클린 윌슨 지음 | 닉 샤랫 그림 | 이주희 옮김 | 440쪽 | 10,500원
학교도서관저널 추천 도서 · 경기도교육청 추천 도서 · 서울시교육청 전자도서관 추천 도서

28 발차기 이상권 지음 | 172쪽 | 8,000원 | 책따세 추천 도서 · 국립어린이청소년도서관 사서 추천 도서
문화체육관광부 선정 우수교양도서 · 전국 독서새물결모임 선정 도서
학교도서관저널 추천 도서 · 전국학교도서관담당교사모임 추천 도서

29 완벽하게 행복한 날 앤 파인 지음 | 이주희 옮김 | 232쪽 | 8,000원 | 전국학교도서관담당교사모임 추천 도서

30 행복한 롤라 로즈 재클린 윌슨 지음 | 닉 샤랫 그림 | 이은선 옮김 | 392쪽 | 9,500원 | 아침독서운동 추천 도서

31 구라짱 이명랑 지음 | 280쪽 | 9,000원
전국학교도서관담당교사모임 추천 도서 · 학교도서관저널 추천 도서
어린이도서연구회 권장 도서 · 경기도교육청 추천 도서 · 서울시교육청 전자도서관 추천 도서

32 정상에 오르기 3미터 전 롤랜드 스미스 지음 | 김민석 옮김 | 384쪽 | 9,000원
미국도서관협회(ALA) 선정 최우수 청소년 도서 · 전국학교도서관담당교사모임 추천 도서 · 학교도서관저널 추천 도서
어린이도서연구회 권장 도서 · 북리스트 편집자 상 수상 · 전미 아웃도어 상 수상

33 제레미 핑크, 비밀 상자를 열어라! 웬디 매스 지음 | 모난을 옮김 | 448쪽 | 9,500원
어린이문화진흥회 선정 도서

34 우리 모두 별이야 웬디 매스 지음 | 장현주 옮김 | 408쪽 | 9,000원
한국간행물윤리위원회 청소년 권장 도서 · 학교도서관저널 추천 도서 · 한우리 권장 도서
아침독서운동 추천 도서 · 어린이도서연구회 권장 도서 · 어린이문화진흥회 선정 도서
미국 청소년도서협회 선정 우수 도서 · 경기도교육청 추천 도서 · 서울시교육청 전자도서관 추천 도서

35 껍질을 벗겨라! 조앤 바우어 지음 | 이주희 옮김 | 348쪽 | 9,000원 | 아침독서운동 추천 도서
학교도서관저널 추천 도서 · 어린이문화진흥회 선정 도서 · 미국도서관협회(ALA) 청소년을 위한 최고의 책

36 마루 밑 캐티 아펠트 지음 | 데이비드 스몰 그림 | 박수현 옮김 | 396쪽 | 9,500원
뉴베리 아너 상 수상 · 전미 도서상 최종 후보작 · 미국도서관협회(ALA) 선정 주목할 만한 책
북리스트 선정 청소년을 위한 책 · 대한출판문화협회 선정 도서 · 경기도교육청 추천 도서
서울시교육청 전자도서관 추천 도서

37 반딧불이 핑퐁 조준호 지음 | 180쪽 | 8,500원
어린이문화진흥회 선정 도서 · 아침독서운동 추천 도서 · 학교도서관사서협의회 추천 도서

38 폴리스맨, 학교로 출동! 이명랑 지음 | 256쪽 | 9,000원
《무비위크》 선정 충무로가 탐내는 책 · 책읽는사회문화재단 우수문학도서
한우리 권장 도서 · 경기도교육청 추천 도서 · 서울시교육청 전자도서관 추천 도서

39 몽키맨을 아니? 도리 힐레스타드 버틀러 지음 | 장미란 옮김 | 280쪽 | 8,500원
마크 트웨인 상 수상 · 샬롯 상 수상 · 아이오와 어린이 초이스 상 수상 · 스콜라스틱 북 클럽 선정 도서
캔자스 주 선정 최고의 책 · 펜실베이니아 주 선정 청소년 베스트 도서
아침햇살 추천 도서 · 한우리 권장 도서 · 경기도교육청 추천 도서 · 서울시교육청 전자도서관 추천 도서

40 몽키맨을 알고 있어! 도리 힐레스타드 버틀러 지음 | 장미란 옮김 | 280쪽 | 8,500원

41 2시간 17분 슈퍼스타 가제노 우시오 지음 | 김미영 옮김 | 320쪽 | 9,500원
어린이문화진흥회 선정 도서 · 학교도서관저널 추천 도서

42 차마 말할 수 없는 이야기 카롤린 필립스 지음 | 김영진 옮김 | 216쪽 | 8,500원
2011 오스트리아 아동청소년 도서상 수상 · 어린이도서연구회 권장 도서

43 재회 시게마쓰 기요시 지음 | 김미영 옮김 | 424쪽 | 9,500원
경기도교육청 추천 도서 · 서울시교육청 전자도서관 추천 도서 · 나오키 상 수상 작가 · 어린이문화진흥회 선정 도서

44 독수리 군기를 찾아 로즈마리 서트클리프 지음 | 김민석 옮김 | 440쪽 | 10,000원
아침햇살 추천 도서 · 위즈키즈 선정 이달의 책 · 카네기 상 수상 작가

45 라디오에서 토끼가 뛰어나오다 남상순 지음 | 168쪽 | 8,500원
2011 경기문화재단 우수예술프로젝트 선정 사업 수혜작 · 평화방송 추천 도서 · 경기도교육청 추천 도서
고래가숨쉬는도서관 추천 도서 · 책읽는사회문화재단 우수문학도서 · 서울시교육청 전자도서관 추천 도서

46 이름을 훔치는 페퍼 루 제럴딘 머코크런 지음 | 조동섭 옮김 | 344쪽 | 9,500원
카네기 상 수상 작가 · 휘트브레드 아동문학상 수상 작가 · 2011 카네기 상 후보작
한국간행물윤리위원회 청소년 권장 도서 · 경기도교육청 추천 도서 · 서울시교육청 전자도서관 추천 도서

47 달의 노래 호다카 아키라 지음 | 김미영 옮김 | 224쪽 | 9,000원
'포플라사 소설 대상' 우수상 수상 · 학교도서관저널 추천 도서 · 어린이도서연구회 권장 도서

48 충분히 아름다운 너에게 쉰네 순 뢰에스 지음 | 손화수 옮김 | 240쪽 | 8,500원
브라게문학상 수상 작가 · 국립어린이청소년도서관 사서 추천 도서

49 너를 위한 50마일 조단 소넨블릭 지음 | 김영선 옮김 | 288쪽 | 9,000원
한국간행물윤리위원회 청소년 권장 도서 · 아침독서운동 추천 도서

50 개남전(傳) 박상률 지음 | 176쪽 | 9,000원
아침독서운동 추천 도서 · 전국독서새물결모임 선정 도서

51 마녀를 꿈꾸다 이상권 지음 | 272쪽 | 9,000원
고래가숨쉬는도서관 추천 도서 · 전국독서새물결모임 선정 도서

52 사자의 꿈 최유정 지음 | 212쪽 | 8,500원
고래가숨쉬는도서관 추천 도서 · 책읽는사회문화재단 우수문학도서

53 인간 합격 데드라인 남상순 지음 | 216쪽 | 8,500원
책읽는사회문화재단 우수문학도서 · 아침독서운동 추천 도서

54 우리는 고시촌에 산다 문부일 지음 | 188쪽 | 8,500원
서울문화재단 예술창작지원금 수혜작 · 책읽는사회문화재단 우수문학도서 · 아침독서운동 추천 도서

55 빨간 지붕의 나나 선자은 지음 | 252쪽 | 9,000원

*시공 청소년 문학은 계속 출간됩니다.